U0912414

小演义

刘强出品

九州出版社
JIUZHOUPRESS

图书在版编目(CIP)数据

小演义 / 刘强著.—北京:九州出版社,2009.7

ISBN 978-7-5108-0108-2

I. 小… Ⅱ.刘… Ⅲ.长篇小说-中国-当代 Ⅳ.I247.5

中国版本图书馆 CIP 数据核字(2009)第 108798 号

小演义

作　　者　刘强　著
出版发行　九州出版社
出 版 人　徐尚定
地　　址　北京市西城区阜外大街甲 35 号(100037)
发行电话　(010)68992190/2/3/5/6
网　　址　www.jiuzhoupress.com
电子信箱　jiuzhou@jiuzhoupress.com
印　　刷　北京中印联印务有限公司
开　　本　880×1230 毫米　32 开
印　　张　7.5
字　　数　140 千
版　　次　2009 年 9 月第 1 版
印　　次　2009 年 9 月第 1 次印刷
书　　号　ISBN 978-7-5108-0108-2
定　　价　24.80 元

★版权所有　侵权必究★

小演义

楔子

刘小强拨好了号码，端着手机在掌心，犹豫再三。

打还是不打，这是一个问题。

办公桌上的喜帖是高中的女死党阳春面发来的，阳春面嫁给了她的大学同学。而喜欢着阳春面十三年的小银鱼正在万里之外的成都工作，刘小强在北京当着编剧，死党们都认为这个通知小银鱼参加婚礼的危险任务交给刘小强这种张嘴套词的人最合适不过。

刘小强心里咒骂，他觉得这就跟战斗胜利了，在村口等待英雄归来的媳妇们翘首以待，大家高兴着和每一位乡亲握手，展示着战利品，等到遇到牺牲的那位同志的媳妇的时候，面对着烈属期盼中带着恐慌的眼神，一般勇武的首长都拉着政委说：你来吧。

刘小强感觉自己就是那个在大家都兴奋高亢的时候给人报丧的政委。

刘小强极其痛苦地按了拨打键，几声响之后，小银鱼接了电话。

刘小强：阳春面十一结婚，在沈阳办，大伙让我通知你一声，有没有时间来?

小银鱼犹豫了半天，刘小强在电话这边乐：你从高中我认识你起就一直这么犹豫，到今天也没改。

等了半天，只听小银鱼在电话那头回了一句：我请假回去。

刘小强舒了一口气，这个任务总算完成了。他比那个政委命好，烈属没有号啕大哭，等着他在一旁使出浑身解数劝解，而是默默流下眼泪，回了一句：他是为了打小鬼子牺牲的，值！

黄泉路上无老少。

刘小强心里还是发慌，他约好了小银鱼在北京见面，然后他也好监视着小银鱼一路回沈阳。刘小强刚买了台二手日产，他这种人稍微有点钱就开始置办家什，当编剧的钱赚起来谈何容易，一集电视剧有的时候才几千块钱，几个人攒起来的本子就得几个人分。可是说出去就是要面子，买个二手车，也可以借着半新不旧的壳子，装装出道多年的样子。

刘小强又是天坛又是北海的带着小银鱼走了个遍，两个人玩了好几天，这才开着车回沈阳。刘小强一边握着方向盘，一边惦记着小银鱼，只见他除了自己寒暄了几句，就在那呆坐。刘小强自然也知道小银鱼那点故事，扭过头安慰小银鱼：人家结婚了是好事，怎么还惦记着呐？是啊是啊，不要惦记了，花花草草总会有的。

小银鱼：我没惦记，我就是想。

刘小强：哎哟，一看你就是想不开，高中那点事都过去多少年了。

小银鱼气愤道：你惦记陆小小的年月不比我短多少。

刘小强还不确定，扭头问小银鱼：你怎么也知道这一出啊？

小银鱼：我是自己不说别人瞎传的半暗恋，你以为都跟你似的全世界都知道的明抢啊？

也难怪，高中那点事儿，套路也就这么几种。

刘小强：怎么着，这回回去要来一出《毕业生》，带着新娘跑啊？

小银鱼在四川工作了好几年，一口川普：瓜兮兮，她要是给个暗示，老子还能躲闪？怕撒子。

刘小强这个恨，想了半分钟：这么办吧，这位爷，小的我陪着爷您打马回京，吃喝玩乐我包了，成吗？

小银鱼：不行。

得嘞，小银鱼这是说什么也要见着自己心上人怎么成为别人新娘了。刘小强还能说什么？他就悔不该接了这单，他要是不邀着小银鱼来北京，他回沈阳了死党们请不请那就跟自己没关系了。他要是不给小银鱼打电话，找个借口说忘了，阳春面也不能怪他不是？可谁成想这十几年的相思病到今天他就还没好。

纯洁的记忆早被封存，这里的相思，就跟隔着脂肪层的前列腺炎似的，不好下药。

车开了七八个小时，刘小强已经很疲劳了，但是他还是不敢把方向盘交给那位爷。小银鱼神情沮丧，偶尔还自己在那偷着笑笑，刘小强后视镜里看得真真的。

总算到了沈阳，阳春面忙着当新娘，没工夫招待，金小蛋指了路，一伙人就直接杀到金小蛋家。金小蛋还在那乐：你盯住了小银鱼，人家大喜事，他这个人平时少言寡语的，别自个儿在那喝过了，说什么不该说的话，搅了人家局，咱得多大罪过啊。

刘小强很无辜的样子：我哪知道这么多故事？

当天晚上，三个人都很累。金小蛋安排好了外地回来的十几个同学的床位，也就跑到刘小强睡着的沙发上，拉醒了刚刚睡着的刘小强，小声说：明天你可得挺住，这个人交给你了，千万别让他喝多，他就不能喝，见着点酒精他就容易亢奋，人一亢奋他就想说话。本来他就憋着那么多年了，他一想说话他就容易走嘴。一走嘴情况他就有变，你明白吗？

刘小强：明白明白，金爷，您得帮着我点啊。

金小蛋：谁也帮不了你，我明天招待来宾，陆小小明天给阳春面当伴娘，我们这帮人都忙着呢。

说着，金小蛋朝刘小强诡异地一笑。

刘小强强作镇静：她当她的伴娘，你跟我挤眉弄眼干什么？

金小蛋：是，爷您多有面儿啊，您别跟我在这装，没用。

刘小强一夜没睡，他走到卧室想看看小银鱼，只见他绷直了身子直勾勾地盯着天花板。刘小强心里很是愧疚，他觉得自己不应该让这个多情的种子经受这份摧残。他一想到陆小小就有点莫名兴奋，这么多年过去了，自己都快忘了自己还惦记过这么一个姑娘呢。他本想和他聊几句的，小银鱼板着脸，也没看自己。

第二天一早，一路吹吹打打，鞭炮齐鸣。刘小强放下小银鱼，又拉着黄小骗的手说：我和陈小南去阳春面那堵新郎去，你帮我照看着小银鱼啊。

黄小骗一脸愤愤：我他妈来参加婚礼的。

刘小强在车上喊道：一会吃饭的时候叫你。

黄小骗这才平静：那还差不多。

总算一早上没出什么事，迎亲送亲的事都忙完了，刘小强的玩心也过去了。他这才开始把注意力放到小银鱼身上。安排落座的时候，刘小强非要坐在小银鱼旁边，他觉得这么坐，踏实点。

主持人开始讲话，一对新人在舞台上捉对站好。俏皮的主持人开始询问两个人的爱情故事。主持人问阳春面的准丈夫：你是怎么喜欢上阳春面小姐的？

于是阳春面的准丈夫开始讲述他们大学里的风花雪月，讲述他们大学里的花前月下，讲述他们大学里的海誓山盟。上面讲一句，小银鱼就在底下嗤一声，再讲一句，再嗤一声。刘小强的精神紧张到极点，低声跟小银鱼说：这是人家婚礼，咱能不能低调，再低调。你早想什么了，今天才在这发泄。

小银鱼：今天晚了吗？

刘小强真想抽自己俩嘴巴，最后那两句话本想着浇灭妒火的，结果演变成激将法了：没晚没晚，但是人家都走到今天了，你再表达可就不合时宜了。哪怕你赶个大伙都不知道的日子，蹲在墙根等红杏？

小银鱼：滚蛋。

刘小强：多喝水，多喝水，喝水平静心肺。

主持人也是不开眼，他就愣没注意远远靠墙的这一桌上，刘小强是多么小心地维护着世界和平，转头接着问阳春面。阳春面是刘小强多年死党了，刘小强自然维护。可是小银鱼的心思，刘小强上哪知道去。刘小强小心翼翼地问小银鱼：想哭吗？

说着伸手递给小银鱼一张湿巾，那样泪水和湿巾混合，旁人就再也分不清这个男人到底是因为什么脸上潮湿了。小银鱼半晌憋出一句：她幸福，这就好。

刘小强一看情况对路，心里这个畅快：好啊，这就对了。

整个桌子上的老同学终于等到主持人废话讲完，排场讲完，四位长辈讲完，开席摆宴。十几个人都回到座位上，来回照应的黄小骗、陈小南都回来落座，金小蛋和陆小小都在陪着新郎新娘挨个桌子敬酒。刘小强这才踏实了一点，好歹有陈小南、黄小骗，眼下棘手的问题就剩下小银鱼了，这就好办多了。

等到阳春面夫妇来他们这一桌的时候，阳春面冲小银鱼点了点头，小银鱼的表情里，好像已经分享了幸福。小银鱼接过刘小强倒满的酒，喝了一口就吐了，扭头问刘小强：你兑了多少水？

刘小强很尴尬：这不是怕你喝多了嘛。

小银鱼自己倒了满满一口杯，一饮而尽，说道：好好过日子。

阳春面的眼神里充满了尊重和感激，刘小强很嫉妒，他觉得阳春面和自己死党多年从来就没对自己用过这么优雅的眼神。等跟他敬酒的时候，阳春面问：你还有什么歪理邪说，现在可以说了。

刘小强：说别的都是废话，总之一句话，要和谐。

刘小强说完这话就知道阳春面为什么从来没给自己那种眼神了，他很郁闷：为什么我就不能说两句正经话呢？可这句话挺正经啊，为什么从我嘴里说出来味道就不一样了呢？

这时候陆小小上前指着桌上的一个男的说：给你们介绍一下，这是我男朋友。

小银鱼听到这话乐了，捅了捅刘小强：人家有男朋友了。

刘小强突然感觉晴天霹雳，端着酒杯，自己倒了一杯，一饮而尽。

这时候那男的说：未婚夫，昨天刚订婚。

小银鱼听到这话，又捅了捅刘小强：这回该你了，你也有今天。

刘小强突然感觉天昏地暗，或者说是一定要表现得天昏地暗：哎呀不行，那什么，我喝高了，赶紧的，拉我出去坐一会，透透风。

小银鱼明白刘小强这是扛不住了，与其说是酒量不行，不如说是眼窝浅，要决堤了。两个人出了门，直接上了刘小强的车，刚关上车门，刘小强就溃坝了。

刘小强哭着说：她怎么就订婚了呢？怎么就不告诉我一声呢？我刚来就发现那男的怎么瞧怎么眼生，谁受得了这么一出啊。

刘小强泪眼回头跟小银鱼说：你也别装坚强了，该哭就哭。

小银鱼还在那继续他多年的伪装性格：我哭什么，我就是觉得阳春面怎么找这么一男的，替她惋惜。

刘小强一边哭一边说：行啦，人家男的不错，要什么有什么，别鸡蛋里挑骨头。

小银鱼的酸脸也挂不住了，双手捂脸哭道：我不就是给自己找个借口嘛，我不就是不想哭出来嘛，你还非得揭穿。

这时候，陈小南出来了，隔着车窗就觉得里面动静不对，打开门一看，两个老爷们哭得跟泪人儿似的，就明白个十之八九了：都哭什么啊，瞧你们这点出息。

刘小强就差骂他了：你一年追十几个姑娘，你懂什么叫真爱？

陈小南乐了，忙说：赶紧的，收拾利索了，一会还得给他们爸妈敬酒呢，人家都是看着咱们长大的。有湿巾吗？赶紧擦擦。

小银鱼手里捏着的还是刘小强给他的那张，刘小强找找车里，一张纸都没准备。擦完眼泪，递给刘小强说：凑合用吧，就这一张。

刘小强看着眼泪鼻涕遍布的湿巾，喃喃道：这种人，就不值得可怜。

说罢又回到了宴席上。

吃吃喝喝，觥筹交错，刘小强就没给陆小小的未婚夫一个好脸。他总觉得这厮在道义上是亏欠自己的：凭什么我定的势力范围，你不声不响的就抢占了制高点了。可是他又想到自己心心念念的没名，他就有点释然了。

刘小强本想拉着小银鱼去哪个荒郊野外好好喝一顿酒，大醉一场来着。可是两个人恢复的速度都快得惊人，转眼就跟没事人似的，开始和桌上的老同学频繁敬酒了。

这么多年过去了，人都开始学会给自己编织世俗的外套了。他们要保护自己、隐藏自己，即使是在知根知底的朋友面前，也要隐藏自己内心的隐伤。这种知根知底的落寞的尊严，还是要细心维护的。

刘小强知道，写着剧本说谎的，已经不仅仅是他自己了。

于是，当天晚上，他又想起了没名，想起了和没名在一起的日子。

也许只有想想和没名在一起的日子，刘小强才能麻痹自己，他只有想想没名，这个从他身边走过，留下一缕清香并且挥之不去的姑娘。他真想带着没名来参加这次婚礼的。一身旗袍配上没名的身材，长腿细腰，妖精似的眉眼，双手挽扣，端庄的仪态走起来。刘小强完全可以让陆小小的未婚夫当时就傻那。如果机灵的没名看出问题的端倪的话，再配合刘小强缠着这位准新郎官亲昵一下，左一句好哥哥又一句亲哥哥，手底下再来点经常给刘小强下的家常菜，腰身上在使点刘小强经常享受的小暧昧，那才解了这口窝囊气。刘小强看到陆小小的未婚夫那个得意的样子，偶尔还会和刘小强对视，他猜到了，陆小小同学一定已经把当年自己如何犯傻的故事一一讲给未婚夫了。刘小强这心里更加期盼千里之外的没名能够杀过来，挥斥方遒。

刘小强纠结了半天之后又从内心深处思考了这个问题，他给自己解释：我哭，我哭那是我在排毒阶段，我排完了不就得了？他仔细地端详了陆小小的未婚夫，以刘小强的猜测，既然陆小小同学拒绝了自己，甚至都拒绝了余小翎，怎么着也得找一个身高一八零、外表赛吴尊的吧？这眼前这位，体重是到一八零了，外表离吴尊还是有段路要走的吧。

其实心理活动不是错，但是错误的是刘小强不知不觉就把这话嘟囔出来了。小银鱼听着这句话乐了：也没那必要，你本身就起点低，人家陆小小眼界稍微有点提高，就现在这标准了。

刘小强盯着嘻嘻哈哈的小银鱼半天没言语，半晌回了句：你缓过来了是吧？你说你我这相互挤兑，有意思吗？

不知所以的金小蛋还在旁边问：你是怎么追着我们家陆小小的啊？

要不是看在多年死党的份上，刘小强早就想抽他了，心想：金小蛋你到底是哪伙的？

未婚夫：也没怎么追，就约出来吃个饭，见个面，一起唱了几次歌，就成了。

小银鱼低头跟刘小强说：看看，人家都没怎么追，学着点。

刘小强心里这个气啊：小爷我当年费了那么多心血，丫头你竟然一点反应都没有，今人家唱了几次歌，吃了几回饭，就上了人家贼船了。早说啊，我这都多少顿饭请出去了，还差您这顿？不就是唱歌吗？小城市里的 **KTV** 十块钱一小时的价钱，还送三瓶啤酒。您要是想唱我带您去钱柜啊？哪还轮得上这孙子在我面前摆谱装蒜？

可是这话刘小强没说出来。陆小小是什么人？她是一个做什么事都要看到结果的谨慎的姑娘。甚至刘小强在主观上认为陆小小答应了未婚夫的追求仅仅是因为后者二世祖的身份。刘小强连怀疑的过程都省略了，他自己铁定了的道理：不就是二世祖嘛！

直到眼前，刘小强才深刻地发现他和陆小小真的不是一个世界的人。

班主任：你和人家根本就不是一个阶级的。

这话在刘小强耳边此起彼伏，他才发现：陆小小和自己真的不是一个世界的。一个是结果论者，一个是过程论者。一个姑娘信仰着王阳明，一步步按部就班，走向我要走的目标。其他一切皆不是风景，只有眼前那个摆好的结果才是我最终休息的地方，然后甚至连回首瞭望的时间都没有就盖棺定论。这样的陆小小是刘小强最不愿意看到的，这个结论的表象曾经让刘小强觉得陆小小是天底下最聪明的姑娘并为之疯狂。可是当几年以后的今天刘小强再次看到这个姑娘的时候，姑娘说：我二十多岁了，一个女人有几个二十多岁。刘小强从心底在疼，他不是在疼自己曾经爱过的姑娘没考虑和自己度过二十多岁以后的日子，他觉得这种过分的理智自己本应该在十八岁的时候就看清的。还能说什么呢？刘小强很想对陆小小说一句真诚的祝福，但是刘小强已经在所有的场合，所有的地点，所有的剧本里说惯了谎话了，甚至连梦话都怕睡错了地方穿帮开始说谎了。

刘小强不认为她会得到她想要得到的幸福，于是他只能保持沉默。

于是，他悄悄离开了婚礼现场，他没有和金小蛋、陈小南他们一起溜进洞房，玩几个小时吊线吃苹果、俯卧撑吃花生、夫妻俩盖上被子往外面脱衣服的游戏，过了那个心气了。中国人为什么要有闹洞房的游戏？原因很简单：平时机会太少，好容易有个突破口，大家都很亢奋。可是刘小强久经沙场，外科大夫的眼睛，看什么都是透视着的。

以前没名就问刘小强：爷，您怎么没提前几年把奴家骗了呢?

刘小强：那时候你还没发育，爷的眼界还没照顾到你呢。再说了，早几年，我就是个小男生，也入不了您的法眼。

于是，他们的故事晚来了好几年。

1

刘小强和没名走在什刹海岸边，徜徉在老北京的安静且有些寒气的冬天的时候，没结冰的小河里还有几十只鸭子聚集在一起，几个年轻人玩着冰刀，还有几个孩子溜着冰车。什刹海，这里发生过太多故事了，年轻人喜欢后海的喧闹，中年人喜欢积水潭的市井，老年人，才会喜欢什刹海的安静。刘小强牵着没名的手。他忽左忽右看着来往的行人，百无聊赖地想找个话题。没名一脸平静，这个姑娘长发披肩，匀称的身材，细长的腿，水光灵动的眼睛天生就是给妖精配的。这一切都还不足以让刘小强心动，只有她的模糊不清，她的玩世不恭的外表，让刘小强心醉。

刘小强鼓足勇气：姑娘，咱们俩谈恋爱吧。

没名一个字都没多赏他：不。

刘小强心里明白着呢，没名心里也明白着呢。一个是万年的太岁成了精，一个是千年的蛇妖修成了人。听起来是残花配败柳，可实际上刘小强自己就能把原因说出来。他再也不是那样纯洁的小男孩了，这小子三个月不吃肉可以，三个月不动花心浑身痒痒。没名说：我知道自己没能力管住您，就得离您远点。您这样的，就适合找个听话的老婆在家哄着，眼不见心不烦那种。

刘小强说：我改。

没名说：你改？你改就不是你了。

还能说什么呢？去后海石桥边的“朝酒晚舞”酒吧喝一杯吧，龙舌兰酒作为基酒的玛格丽特，杯子边缘用细盐圈住，一片柠檬佐味。没名对鸡尾酒没有任何好奇，她也只是安静地享用。玛格丽特的来源本来是个凄美的爱情故事的，刘小强憋足了劲想给没名说说的，可是刚刚被打击，心情也没了。

刘小强再次问道：当我女朋友吧。

没名：免谈。

于是刘小强带着没名逛着南锣鼓巷里的各种小店，包括收藏着六七十年代玩具和那些铁皮小火车的店面，包括各种样式火柴的火柴天堂，还有南锣鼓巷最不起眼的十二平米酒吧。

这些都不是刘小强想看的，在北京长短加起来也有三年了，逢人一口地道的京腔，南锣鼓巷更是周末消遣的据点，今天陪没名来，无非是没名到北京玩，当个导游而已。于是刘小强恬不知耻地又问：当我女朋友吧。

没名：三顾茅庐呐？

由“不”到“免谈”再到“三顾茅庐呐”，刘小强认为这已经是很大进步了，他还想问第四句。这时候没名笑着双手搭着刘小强的肩膀——这个高挑的姑娘穿着平底鞋的时候刘小强才能靠着一根金鸡独立的头发取得身高上的优势——笑着轻轻凑近。刘小强心想：咱也别等着啦。

于是刘小强闭着眼睛想享受一下。没名半天没动静，等刘小强睁开眼睛，只见没名手里拿着手机，手机里的相片正是刚才刘小强闭着眼睛噘着嘴的模样：明天发校内网去。

2

校内网，这个高中同学重新寻找到彼此的工具，看起来每个人又突然拉近，可是说句心里话，要么就是看自己关心的那几位死党或者情人儿或者没成为情人儿的小可人儿。其他人，油盐酱醋，大料花椒，葱蒜姜芥，配料的命，死不死跟自己有什么关系？

刘小强和没名的相识，故事要说到十年以前了。那时候没名还不是现在这个样子。一米七的个儿，体重最多也就八十斤。走起路来裤管都是空的，老远瞧见还以为是凌波微步呢。刘小强认为他们家条件应该不怎么好，要不然怎么发育这么慢。开始的时候，大家还是很客气的，时间一长，刘小强就开始使坏。上楼下楼故意用胳膊肘撞一下，可是就撞了几次他就再没兴趣了，硌得生疼。于是在刘小强心里，就不把没名当女人了。

可是现在不一样了，用句行话就是：鸟枪换炮。

当没名慢慢脱下外套，刘小强隐约可以看见她的曲线，她的女人特有的曲线里隐藏着的诱惑的时候，刘小强在旁边窃笑。两个人躺在床上看着电视，刘小强的手开始不安分，然后嘴里喃喃道：当年的柴火妞，现如今是草鸡变凤凰了啊。

没名笑了，也没拦着他，侧过身来说：爷，您是真没把我当外人啊，您这是夸我呢还是损我呢？

刘小强笑了：爷哪能损你呢，爷这是夸你呢。

说着，刘小强动作深入，没名急了：咱可说好了啊，咱都认识十年了，你下得去手？

刘小强犹豫了一下：下不去手，太熟了。

没名：对啊，爷，你看奴家这可怜样儿。

说着没名的眼睛开始说话，像电波一样传递信息。

这是挑逗，这是赤裸裸的挑逗，这是完全不把刘小强的善良和克制放在眼里的挑逗！

也顾不了那么多了，刘小强冲了上去。

没名大叫：爷您真下得去手啊？

刘小强低声喝道：你都不怕死，我还怕埋吗？

刘小强用被子按在了没名身上，死死堵住，降低因声带振动所带来的声波传递，空气中各种气体混杂，混合物的熔点沸点以及介质的传递能力都太高了。墙壁是结实的，它支撑着天花板没有被没名掀开；门窗是结实的，它顶住了女高音的共振；床板也是结实的，除了早上起来发现一根木板折了之外没有其他损失。隔壁室友老大一夜没睡，第二天一早在刘小强洗漱的时候，就见他一脸愤愤。单身多年，隔壁老大肯定对这种暴殄天物的做法极其痛恨。

隔壁老大：你们俩能不能动静小点，过了十一点拆房子都算扰民啊。

刘小强一脸坏笑，连连承认错误，回到房间就跟没名两个人大笑。那天晚上，刘小强打开音响，九点钟就开工战斗，以错开广大劳动群众的作息时间。电脑里放着《今夜你会不会来》。十点半准时，两人在现代流行音乐的掩饰下完成了冲锋。第三天一早，刘小强在洗漱的时候，还是那位隔壁老大，还是一脸憔悴。

刘小强关切地问：你昨天晚上还没睡好？

隔壁老大：是啊，我等了一晚上，怎么一点动静也没有？我跟你说的也不是这个意思啊，我只是让你动静小点，不是一点都没有。

刘小强和没名的故事，其实没有故事。高中毕业后，刘小强六年没有和没名见过面。两个人就在一个城市读大学，公交车坐起来最多半小时的车程，一次也没有见过。电话倒是没少打，刘小强发挥不要脸的本性，一口一个“老婆”地叫，没名一口一个“滚”回复。刘小强工作以后，有一次出差，大半夜车才到站，和没名打了招呼借宿一宿，没名下楼来接他的时候，刘小强的心就动了一下。没名给刘小强准备了晚餐，包括一个发干的面包，一个煎得发黑了的洋葱荷包蛋，还有一杯热牛奶。刘小强很感动，然后两个人穿着睡衣，一个人躺在沙发上，一个人躺在床上，相互讲着故事，四年多从未发生过交集的故事，直到天亮。两个迷失的年轻人，就像《阿甘正传》里的阿甘和珍妮，这个比喻很不恰当，刘小强永远没有阿甘纯洁。但是这个比喻又有点道理，刘小强的善良虽然隐藏得很深，但是他的确和阿甘一样真诚。

刘小强天亮的时候满眼迷离，说是困的也好，说是本性流露也行。没名问：想什么坏主意呢？

刘小强一脸冷静，正色道：我在想，今天和你乱了，以后是不是就没有没名了。

没名笑了。

刘小强拉着没名起床，两个人一起去家乐福买了半车食物，又在厨房里忙活了几个小时，弄出一桌丰盛的食物。刘小强拿出了看家本领，祖传的上海本帮菜，没名吃得一脸惊讶：你怎么还会上海菜？

刘小强学来的一口地道的上海话：侬不晓得啦，阿拉祖上上海的。

两个人一边吃着菜一边对视，刘小强突然感到久违的那点东西突然往上涌。荒唐了这么多年了，两个人都累了，突然感到对面的这个人那么熟悉又那么陌生。都已经脱离了稚气，都经历了太多知道珍惜，刘小强故作坚强，他不想承认自己已经喜欢上没名很久了，他故意当着没名的面给这个城市里的另一个姑娘打电话约会。没名也是一脸微笑，她心里也是无所谓，这种来了又走的路人甲路人乙太多了，各种表演都似曾相识。

匆匆告别，没名没有送。刘小强把公务处理完，就去宾馆赴约。工程进行到一半，电话响了，没名打来的。刘小强接电话的时候都要笑哭了，他还是故作坚强，告诉没名：我这正忙呢。

没名在电话那头笑，刘小强在电话这头笑。他回头看了看床上那个姑娘，她肯定笑不出来。

3

她笑的时候，刘小强习惯性地想通过她的眼睛观察到她心底的秘密。刘小强早已经谙熟于心的细节帮助他看透了每一个人，比如刘小强看着陆小小就知道她那么习惯于隐藏自己，她那么习惯于享受关注，偶尔还想跳出人们的视野，这种优秀的女孩有很多细节可以让人观察到她的内心隐伤。刘小强可以通过一个女孩子第一次见面扫了一下自己的鞋就判断出这个女孩子的人品：她是个爱慕虚荣的女子。刘小强可以通过一个男孩子看了一眼没名的手包就断定这个男人的目的：他想要得到钱。刘小强可以通过一个人指着自己说话这个细节就得到一个潜台词：你不是我对手，我蔑视你。这些东西太微妙了，已经形成公式了，只要背下来就可以断定一个飘忽的眼神背后藏着的东西。但是，他看不透没名。

这个曾经的清纯少女，这个曾经的夜场公主，这个曾经的多情种子，所有的信号都是乱码。刘小强不好奇，他本身对解码没兴趣，他只是实在是太想知道眼前这个女子过去的故事了。没名的故事有很多版本，最离奇的版本是没名的父亲有一年突然失踪了，没有留下任何信息，突然消失。他每到一个地方就发一个当地的明信片告知自己的位置。没名的妈妈跟着明信片一路追随，可是无数次无功而返之后她绝望了。没人能解释清楚他为什么离开家庭，但是所有人都可以解释的是，没名的母亲为什么给她起名叫没名了。

她，没有名字。

没名疯狂那会儿，刘小强也没闲着，不过和没名比，刘小强那时候还是轻量级的。没名杀到“午夜阳光”的时候，夜场的经理都要送上果盘和全套的烛光鸡尾酒给这个老顾客当开胃菜。后来刘小强领着没名逛后海的时候，没名已经对这些东西没有任何好奇。二星、三星、四星、五星饭店都住烦了的没名开始回归。于是没名和刘小强一起下厨，于是没名开始秀着她那蹩脚的刀工，于是没名看着烟熏火燎的刘小强在奋战的模样莫名兴奋。

刘小强认为，这姑娘或许是知道捆不住自己，也不想捆，她害怕再次受伤。要么就是说谎话在试探刘小强，检查一个男人是不是真心。

开始的时候，刘小强也觉得这是一个受过伤的丫头，她在掩饰自己的伤口。后来他发现不是，就算你见过一边刮骨一边下棋的关公，但是你肯定没见过一边割破自己伤口一边撒盐还没心没肺地朝你乐的姑娘。

刘小强又觉得没名这么对自己忽冷忽热是在试探，后来他发现也不是。觉得没名生活在水深火热中想拯救之以达成自己男人形象的兄弟太多了，不差刘小强一个。美国和韩国军事演习是对朝鲜的试探，但是美国打伊拉克就没有必要试探。就那么几管子枪炮，还都是老子当年给你的，探什么探?

没名可以经常性地对刘小强发嗲，没名可以经常性地装小孩儿。但是没名突然之间说出的道理，会让刘小强无言以对。你见过女版的周星驰吗？不是没心没肺的吴君如，是那个心里藏着鬼点子的至尊宝，说给铁扇公主的诺言：今夜二更，后园不见不散。

于是一个挤眉弄眼，都那么调情，可是要说清楚：刘小强你听着，姐不想和你结婚。

4

不同的女人在男孩子心里有不同的角色，不同的阶段有着不同的形象：夏娃—海伦—玛丽亚—雅典娜。夏娃，往往表现为男人的原始；海伦则更多地表现为对美的追求；玛丽亚表现的是爱情的神圣；雅典娜则属于男人内在的创造源泉。

刘小强这种人需要用理论来安排生活，这个道理刘小强现学现用，看着这四条竟然觉得没名四条全占了。什么叫天时地利人和？这就是啊。这是一段上天安排的感情，上天安排的，还不够刘小强臭屁的啊。

刘小强劝没名毕业之后赶紧找个工作，别总天南海北地走动。说了无数次，晓之以理，动之以情。先说关于没名同志赖以生存的副卡，信用卡这东西真好，刷钱的过程是看不到眼里的，连数字也是可有可无。没名同志在响应温总理扩大内需这个政策上，可以说是急先锋了。刘小强左手副卡，右手剪刀，没名坐在对面表情沮丧，无辜神态了然。刘小强下不去手了，于是扔了剪刀还是讲道理，讲了半个小时，还是不开窍。

于是刘小强也没什么可说的了，玩了十几天，没名走了。几天以后，电话响了，没名打来的：姐决定了，姐要奋斗，姐要赚钱。你设好御膳，建好行宫，下个月姐摆驾回京。

刘小强听了电话哭笑不得，一个永远长不大的孩子今天豪情万丈。一个女人如果爱一个男人就会非常在乎他的过去，一个男人如果爱上一个女人就非常不在乎她的过去。事情就是这样，没地方讲道理去。每个男人心里都有一个对不起名单，然后谈起的时候哭鼻子抹泪：我对不起 XX，更对不起 YY，实际上和 ZZ 比，CC 还是不错的。这时候如果有个女性听众的话，如果这个她的情商再不怎么高的话，基本上阵地是失守了。女同志们要注意了，男人说这些话的目的是为了让你知道他很纯情。可实际上他在想通过一段煽情的自责来追忆往昔的年少轻狂。再重要的女一号也是他内心里男一号的配角，永远属于镜头里露出背影的那伙人。说白了，他是在回忆他自己。

5

这个世界上很多经典都是荒唐地开始的，正如刘小强对没名的感情。可能有的姑娘比没名更漂亮，可能有的姑娘比没名身材更丰满，可能有的姑娘比没名更温柔，可能有的姑娘比没名更会做菜，可刘小强永远记着的，就是那个煎过了头的圆葱荷包蛋了。

写歌的人假正经，听歌的人最无情，恍恍惚惚一瞬间，黄粱一梦二十年。

还有什么东西，是我们藏在心里很久，然后不急于告诉别人的呢？刘小强本应该把很多话都藏在心里的，但是话说出来和不说出来又有什么区别？说出来了伤人心，不说出来催人泪，看来一切都已经无所谓。

刘小强在电话里叫没名老婆的时候，没名毫不犹豫地一声"滚"，没名把自己过去的种种不良记录在刘小强面前一一表白，在刘小强看来最多也就是表明了这个事情不是我勾引你引起的，而是你自己走进来的。

可这是一巴掌拍脑袋闹出来的点子，刘小强知道没名的思路，但是这仅仅是思路，对待刘小强这样的人精，不能用理论来联系实际。如同减速带，在很多政府部门门前都有一个缓坡。所有司机都不由的减速度过，如果你火气旺、性子烈，就是不减速，可以。汽车在大于每小时十五公里的速度通过时，底盘钢骨肯定变形，再走几步发动机就咳嗽了。汽车在大于每小时四十公里的速度通过时，会根据车的重心特点，或左或右地翻滚，直到动能耗尽。没名想告诉刘小强的，就是我以前这般如此，如此这般，您老先生就赶紧知难而退，别光想着风花雪月，日后您再刨根问底，没那精神头跟您算这笔陈年老账。以破坏为手段以达到保护的目的，这种智慧简直就是上帝赐予的。

这个理论一度刺激了刘小强，心说我要是当年狠狠心一个大手笔拿下陆小小，是不是就没后来那么多故事了。想想当年，再看如今，陆小小在北京读博。马路这头，灯市口，刘小强在爬山虎盘满墙壁的办公楼里瞭望，陆小小在东单。中间隔着两条马路，刘小强从没去过。刘小强是多想趁着周末约约陆小小，然后大家可以去喝喝酒，喝完酒唱唱歌，然后刘小强的手不知不觉揽上肩头，再不知不觉揽到腰肢。一切都是不知不觉，水到渠成，那该有多好。

6

陆小小还是和十年前刚认识的时候那样，声音未曾变，容貌未曾变。刘小强现在假想自己搂着自己第一次动心的姑娘在后海的街道中散步。“朝酒晚舞”酒吧横列在后海石桥边，多少恋人驻足与此，喧闹是后海的情调。接吻并不是个难事，还记得高中时班主任进教室的时候某对男女在后排正热吻在激烈处，班主任进来多时竟然毫无反应。班主任一声大喝：住口！

那时候爱情是被默许的，但是接吻是被禁止的。前几天我去一所高中见一个朋友，操场上遍地是接吻的。现在的高中接吻是默许的，上床是被禁止的。什么东西一旦被宣布禁止，就说明这个东西很多。

好吧，既然是假想，刘小强当然也可以假想在散步之后约陆小小去什么地方，然后拖啊蹭啊，晚到陆小小不可能回去的时候，刘小强一鼓作气，搂住她，吻她。这种勇敢其实可以一下子就定了乾坤的，刘小强可以有无数次机会把无耻的流氓精神发扬光大的，而且他已经发扬过很多次了，并且已经是效果反馈很好、屡试不爽了。有些药，有些人吃了就是要过敏。有些人，就是下不了狠心。

刘小强喜欢上陆小小的原因，肯定不是因为那姑娘长得多漂亮，因为陆小小的同桌就是他们学校的校花田小小。田小小很漂亮，几十个男生打破脑袋追的那种。刚上高一的时候刘小强都不好意思正眼看人家，但凡刚过了青春期的男孩，基本上都尽量回避很漂亮的但是自己又没有追求目的的女生的眼神。刘小强总偷偷地看陆小小，他基本上也就是偷偷地看。以前陈小南教过他放学之后可以堵着女生不让她回家把车锁插上拔下钥匙大功告成的。他不听，就在那天天看，上课也看，下课也看。然后等陆小小一回头，这小子左躲右闪，装得跟没事人儿似的。

小男生嘛，做什么事都为了吸引姑娘注意。跑得不快，非要踢足球，个头不高，非要打篮球。好容易想起来还会几杆子台球了，人家姑娘好孩子，没兴趣，很失落。刘小强后来憋不住了，就把这事跟班级里兄弟几个通报了一下。兄弟几个也没闲着，基本上都在班级里找能对上眼的人呢，于是后排几个死党就都把各自的势力范围分清楚了：这个姑娘是陈小南的，那个姑娘是孟小奇的，那边那个姑娘是赵小雨的。这样很好，不容易出内讧，男人嘛，不能为了姑娘伤了自家和气。最后余小翎不干了，他和刘小强都盯上陆小小了，这可怎么办？陈小南说：这么的吧，和平年代啊，自家兄弟，咱也别单挑群架了。干脆，你们俩公平竞争得了。

刘小强说：好啊，公平竞争，好事，怎么个竞争法？

陈小南说：铁人五项，三局两胜。

余小翎问：怕他不成，哪三局？

陈小南顿了顿，胸有成竹道：第一、咱是来上学的，比学习。

刘小强气得鼻子都歪了：零比一，我输了。

陈小南接着说：第二、比单挑。

刘小强乐了：一比一，我赢了。

陈小南又笑了笑：第三，比跑步。

刘小强骂道：你不是耍我吧，好吧一比二。

陈小南接着说：第四，比喝酒。

余小翎笑着说：这个我比不过，二比二，又平了。

陈小南突然一改表情，平静地说：第五，你们谁能在一个月内追上菜小芯，谁就赢了。

刘小强和余小翎听着这话，都暗自一笑。这个菜小芯，平时和自已还是很和善的，问题不大。孟小奇竖起大拇指低声对陈小南说：高，实在是高，追着追不着，都抢不起来了。

7

于是刘小强内心里很矛盾，菜小芯当然也很惊喜，欣然地接受了双份的追求，买一赠一。一时间两个平时只是开开玩笑的男生跟打了鸡血似的都在那表情暧昧、眼神迷离，哪个姑娘这时候也开始有点飘了。放学后三个人一起走一路，菜小芯左边刘小强右边余小翎，和左边说两句，还要照顾右边的情绪。两边都是爷，死要面子的爷，谁能经得起这么祸害人的？要知道，刘小强也是在几年以后看高中集体照的时候才想到自己曾经也是那么下作残忍。我们主观地把一个姑娘的一笑一颦定位到了不安分的行列中，然后我们设计了一个游戏规则，然后我们一起进入角色，一段爱情变成了玩具总动员，还有什么比这冒失的青春更可怕的？刘小强藏在心里的话想说很久了，我们就是一个努力学习伤害别人的《大逃杀》。但是此时此刻，刘小强乐在其中，他偶尔会故意吃菜小芯点豆腐，他会故意语言挑逗，他不会像余小翎那样斯文，技术活干到了精神层面。

不过结局很惨，无论是余小翎还是刘小强，谁都没有追到菜小芯。菜小芯同学认为，两个学号在四十开外的男同学的未来是不可能有多光明的。在小城市高中生的思维里，只有前十名的同学领子是白色的，中间蓝领子的二十几个，剩下的几个，包括孟小奇、陈小南之流，都是进厂干活的黑领命，怎么挣也挣不回来。平时人家跟你说话客客气气，可是永远是疏远，永远和你保持距离，为什么？你们这帮人命已注定，差一个分数段就是差一个阶层，十几岁的孩子就学会阶级划分了，自私到你自习课问他问题他都有可能打小报告说你上课胡言乱语影响了他学习，好让老师把你赶紧调走。

刘小强说：如果我们班被选进了“大逃杀”，我可能就是被后面那个我保护的女生捅死的。

别以为刘小强小心眼，你四顾想想，难道你就是身处在绝对安全、绝对纯洁的青春里的吗？

菜小芯最后选中了他们班学习最好的男生小银鱼。那时候，小银鱼的追求目标是阳春面，并且已经坚韧地默默追求了四年。阳春面原来一直等待着小银鱼的进攻，可是却受不了小银鱼的犹豫不决、怯懦、伴随着自负的自卑。

这哥们一句表白都没说出来过，总是靠眼神和表情带着阳春面回味默片时代。人类发明语言最重要的功能固然有说谎这个因素，但是不能因为有些肉麻的话明显虚伪就放弃了这个最有效果的表达途径不是？

这个世界最可悲的事情就是连分手都是最后一个得到消息，这个世界最可恨的事情是连在一起了也是最后一个得到消息。刘小强一干人等都已经耳濡目染，所有人都已经确定阳春面早已经是属于小银鱼的时候，阳春面很无奈。这个时候隔壁班级的小霸王喜欢上了阳春面。小霸王很勇敢，他直接找到了小银鱼，于是小银鱼退缩了，他没有承认他对阳春面的感情。也许他不知道，小霸王是讲道理的；也许他自私，他认为自己已经承受了很多压力，包括作为学号一号的，包括他父母对于他的压力，包括那个以通知父母学生早恋为杀手锏的班主任的压力，他不敢再继续承担。小银鱼痛苦地看着小霸王近乎无赖却又那么可爱地追求到了阳春面。在他眼里，这是一个悲剧，但是在刘小强眼里，即使有太多的理解，这还是一出喜剧。数年以后，当刘小强和小银鱼在网上聊天的时候，小银鱼万里之外对刘小强说：不管怎么样，我只希望她现在生活得好。

他曾压抑着自己，却又自负地认为自己已经是几个女生心目中的男主角了，他的舞台无限大。现在他稍微解放，然而他心里真正藏着的表白却永远不敢说出来。那个阳春面朦胧的爱情期盼在等待，他却永远失去了登机牌。

这句话一定是真诚的：如果你偶尔想起我，请记着我曾经是那么的爱你！对他而言，曾经早已经不止是曾经。刘小强很认真地告诉小银鱼，阳春面很幸福，阳春面早已经不是几年前的阳春面。阳春面一个人大学毕业到北京打拼，她学会了在上下挤压的外企里生存，她学会了面对现实，她学会了在倚靠的肩膀里独自坚强。他也知道把这个结局告诉小银鱼是那么的残忍，但是他必须这么做，还好，他没有幸灾乐祸。

于是没过多久，菜小芯和小银鱼勾肩搭背，宣布了这段感情的开始。要知道，这种游戏之所以好玩是因为你用一段感情的开始来挽回自己未曾开始一段感情的自尊心。

菜小芯和小银鱼果断地结束了这段感情，是高考结束之后一起去山东报到的时候，上火车前，两个人把所有问题挑明。刘小强对此很不理解，他说：要是我就等到下火车的时候再挑明。

每一次冲锋都有不同的人去死，每一次回忆都有不同的人露怯。

8

好吧，既然余小翎和刘小强双双败北，那么这场你死我活的斗争到最后变成了平局。陈小南大失所望，没能把优胜奖的颁奖仪式办出来，于是大家只好继续看着余小翎和刘小强斗智斗勇。

今天陆小小朝余小翎笑一下，余小翎就颠颠跑到后排来向大家报告：今天陆小小朝我笑了。

刘小强嗤之以鼻。

然后余小翎就跟陈小南说：你安慰安慰小强，这没什么。

隔天刘小强跟陆小小借根笔，很神秘地拿着笔晃过余小翎：陆小小的。

余小翎一脸不屑。

然后刘小强就跟陈小南说：你和小翎说说，不要太介意。

再聪明的小伙子也有犯傻的时候，而且犯起傻来谁都能看出来答案，就他自己看不出来。于是本来是个八字没一撇的事，愣被搅和成不是你的就是我的了。两个人都是爷，死要面子的爷，争吧。

刘小强喜欢陆小小纯洁到每当开始性幻想的时候都深恶痛绝，如不自宫都枉为世人。他频繁地给陆小小递纸条，开始的时候陆小小还礼节性地回几条安慰或是政委似的教育言论，到后来发现对手冥顽不化，干脆看都不看，直接扔了。帮传递纸条的金小蛋也是刘小强死党，到最后也极其无奈，下课后走到已经被班主任发配到最后一排劳教的刘小强身边说：别写了，要不，你写给我吧。

刘小强很自卑，这种差等生追求优等生的思路本身就被所有人不看好。原因很简单，他们不是一个阶级的。很多人在理解这种痴心妄想的同时也产生了极其明显的嘲笑心理，刘小强认为他的思路没有错误。要不班级里的那些男女谈恋爱为什么非要十六号找十五号，二十号找二十一号？人家那是一个阶层的，交流起来方便，门当户对。你这是越级了你知道吗？

重点中学里重点班的孩子们，他们不打架，至少除了刘小强他们几个。他们不逃课，至少除了刘小强他们几个。他们很上进，这次包括所有人。每个人都有自己的梦想，然后你会在这个看似健康向上的集体里发现很多细微的可怕之处。学习好的孩子们扎堆，人家研究问题的时候，刘小强这些人必须走得远点，你要是走近了想看两眼，人家把身子让开，演讲的权利交给你，刘小强看着满纸的代数公式，一脸无奈：我只是出来打酱油的。然后大家微笑着看你两眼，继续他们的问题。

有时候蔑视是可以激发一个人的潜能的，但仅仅是有时候，比如余小翎到最后小宇宙爆发了冲击到了上等阶层，但是刘小强没有。刘小强和余小翎之所以在成为两次情敌后成为班级里最好的哥们，根本原因就在于余小翎同志在走上领导岗位之后仍和广大人民群众打成一片。刘小强仍旧在最后一排，座位旁边是个垃圾桶，垃圾桶周围是垃圾，没人捡起来扔回去。余小翎解放了，他到前面去了。刘小强的自卑达到顶点，他开始上课时窃窃私语，他开始趁着老师讲课的时候开小差，他会借着哪个平时看不上眼的男生扔垃圾没扔好就过去找事儿碴架，以传递我很不满的信号。他回头看看陈小南：这厮在英语课上，桌子上只摆着一本历史书，双手交叉胸前，表情镇定自若。

刘小强心想：这下彻底成垃圾了。

所以若干年后，当陈小南考上大学后改头换面，没日没夜地苦读，据说还要考研的时候，刘小强一干人等几乎是用见到 UFO 的表情听完故事。

人都是会变的。

9

也许是刘小强和余小翎的恶劣行径招来了公愤，也许是刘小强和余小翎的追求惹恼了陆小小，总之班主任坐不住了。但是余小翎同学已经脱贫致富奔向小康，而且极有可能进入上流社会，在班级前十名左右摇晃，而且他的行径也不是那么令人发指。班主任自然是不想打击余小翎同学，而对刘小强传纸条这种低俗而且滥俗而且广为流传遗毒颇深的做法深恶痛绝。

至今，刘小强还记得班主任把他叫到办公室，语重心长地说：你和陆小小根本就不是一个阶层的，别幻想了。你这样既影响人家分心又耽误你自己，咱们班也就那么一两个人冲击清华北大，我这千防万防家贼难防，你还是务实点，学你自己的吧。

刘小强被这句话打击了好久，他清醒过来了，以前看电视剧老师教育学生都是：别着急，你现在主要的任务是学习好，以后的事来日方长嘛。

刘小强明白了，电影里的对白：国军弟兄们，蒋介石已经没有多少日子了，不要跟着他当炮灰了。共产党是人民的队伍，为人民做事，只要你们过来，人民会原谅你们的。

这些话都是给当兵的说的，当官的被俘虏了就不一样了：还不老实交代？你的罪行我们很清楚，现在摆在你面前就两条路，要么合作，要么就自取灭亡。

罪和罪不一样，量刑肯定不一样，刘小强这是罪大恶极。以班主任的心思：你就在学号二十号以后随便挑一个姑娘，只要人家看上你，你追谁不是追，你看我管过吗？竟敢动我的心头肉，还想不想混了。

刘小强大惊：你怎么知道的？

班主任笑道：你知道班级里我有几个眼线？

刘小强傻了，看来汹涌澎湃的大革命只好转入地下了。到现在，刘小强最痛恨的就是给老师当斥候的人。很多人十几岁就被恶势力拉拢，充当眼线，告发班级里各种不合老师心意的事情，乐此不疲。我们高中三年一直想把这个卧底找出来，而在我们私下里各种探听询问查找卧底的时候，班主任突然演讲：听说你们在找卧底，我是一定要保护我的线人的，不要把精力放在这个事情上，要在学习上努力些。

说完这话他还很得意。一个把所有问题都控制在自己手心里的老师固然还算不失败，但是他绝非成功。那个卧底的人格在所有人的心里都成了一个最大的败笔。一个十七岁的灵魂，就这么被几句话拉拢了，他可能换来一个前排的座位，他可能换来了老师的青睐，那又有什么呢？一个教育者让他的被教育者丧失了人格，这个世界上还有比这更可怕的事情吗？

可是刘小强又想，有的人世界观就是以成为统治阶级的工具为荣的，这种天生的统治和监视欲望说不定就是他的人格呢？当老师是件很枯燥的事情，每天要面对不同的脸说相同的话，几十年如一日，不断重复。于是你会发现一个老师会开发这个乐趣并深刻探索这个乐趣背后的东西。

10

刘小强退缩了，他开始认清自己原来配不上陆小小。他也想像余小翎一样一发冲天，可是刘小强太知道自己的底了。比如说伊拉克使使劲可以和伊朗打一个平手，但是遇到美国那就只有挨打的命。你的目标是大学，人家的目标是名牌大学，这已经不是一个层次两个层次的问题了，这是罗汉和佛祖的关系。罗汉有成百上千个，佛祖就一个。

为了表达自己对陆小小的爱慕之情，刘小强省下了一个星期的口粮钱，使出牛劲为陆小小买了一件班尼路的 T 恤作为生日礼物。若干年后，当刘小强已经习惯性地送姑娘 MODA 的套装当作生日礼物，习惯性地喝着必胜客的水果茶，习惯性地品尝着兰桂坊的港式小点和客户吹天捧地的时候，他很怀念自己曾经那么可爱的日子，他很怀念那啃着馒头度日的一个星期。

可是陆小小并没有接受这份礼物。为此陈小南同学表达了比刘小强更加有力的态度，他到今天也一直坚定地认为如果刘小强再和陆小小有什么瓜葛他就跟刘小强彻底决裂。刘小强啃着馒头，一脸无奈。然后陈小南还是忍下怒火说：得了，别啃馒头了，哥带你吃好的去。

买好礼物的余小翎同学这时候也有点心虚了，他手里端着礼盒不知道给还是不给陆小小送去。如果不送的话，他还可以光荣地站在陈小南这边一起安慰刘小强，如果送去再被拒绝的话，估计自己也得和刘小强坐在一起等待陈小南的思想政治教育。思前想后，风险太大，算了吧。

根据陈小南讲话的精神，这件事给予刘小强同学的经验教训是这样的：一、你还争什么争，说你是垃圾你就是垃圾，赶紧低头学习吧。二、学也没有用，你超不过人家。三、你超过了人家也看不上你的。

刘小强愤愤地说：你给我块豆腐让我撞死算了。

11

余小翎很高兴，至少他认为现在的对手已经在意志上认输了。可是余小翎又心虚，因为目标猎物并没有走进自己的射程。这种时候余小翎开始表达自己的亢奋，在不同的地点不同的时间不同的在场人物的情况下，经常讲一些并不搞笑的笑话，然后自己大笑，偷偷瞄几眼陆小小。

陆小小木头人一样给点面子笑那么一两下，然后余小翎又颠颠跑到后排：陆小小又朝我笑了。

陈小南：死远点儿！

刘小强：死远点儿！

余小翎：你们嫉妒我！

陈小南：有多远滚多远！

刘小强：有多远滚多远！

这种状况一直维持到高中毕业，余小翎还在构思着：陆小小去南开了，我在大连，天津到大连其实坐船比较方便。

有句话怎么说来着：斯人已去，一切已晚。

时间荏苒，转眼到了高三，扎堆学习的好学生还是扎堆学习，闷头嗡嗡的中等生还是闷头嗡嗡，叽叽喳喳的差等生却不敢再叽叽喳喳了。刘小强知道着急了，可是他和陈小南一样，两个人相依为命，既然大家都已经把咱们忘了，咱们自己不能忘了咱自己吧。这个班级里不都是自私的木头，也有德才兼备的，这时候也看在党国的面子上拉了陈小南和刘小强一把。李小华和朱小兴作为班主任最后一点怜悯之心被安排到西部大开发的偏远山区帮贫带富，让刘小强和陈小南这样的半文盲重新回到了求知行列。多少年后，已经是空军中尉的李小华在南国孤守前沿过春节的时候，刘小强发去了这样一个短信：你在那边为人民效力，我在这边多认识几个姑娘告慰你在天之灵，以报当年相救之恩。

李小华空军做派，雷厉风行，立刻回复：滚。

按理说高三了，刘小强的念头应该消了不少，可是大家不要忽略这样一个问题：如果荷尔蒙在人这种动物十九岁的时候分泌没有达到高峰的话，这个假设大概是可以成立的。

多年以后，当陆小小坐在北京鼓楼下南边咖啡厅的瑞典长椅上讲述大学里有一个男生曾经追求到以死相逼的程度的时候。坐在对面的刘小强相当气愤：是哪个混蛋抢了我的先？

这句话的潜台词就是：我怎么就没想到？

如果时间可以倒流，刘小强一定会买一张车票从沈阳杀到天津，然后拎起那厮脖领子带到他曾经要跳下的那幢教学楼，厉声喝道：你看多么蓝的天，走吧，你就会融化在蓝天里，一直往前走，别往两边看。

可这是意淫，刘小强明白，故事想多了，情节都容易被自己想成真的了。

很晚了，刘小强送陆小小回另一个在北京的同学宿舍，临走的时候，刘小强说：别总以为同学就可信，这当年的老实里头藏着多少伪善呢，这么多年过去了，人都变成了什么猫狗样你知道吗？你就不怕我也变了，转手把你卖了？

陆小小笑了：你舍得吗？

这句话给刘小强的打击不亚于励精图治的失足青年不慎卷入

江湖恩怨，最后不幸二进宫。

当没名赖在刘小强的床上不起来的时候，刘小强说：你就不能给自己点苦吃吃，经济独立，别指望着父母的信用卡，成为一个独立的人？

没名说了一句让刘小强心里战栗不停的话：爷，您舍得吗？

刘小强：怎么都问你舍得吗？

没名：呦，爷这个“都”字用得可好啊。

12

刘小强不敢再提陆小小了，因为陈小南一直在向刘小强同学灌输一种思想：我喜欢你，你可以不喜欢我，但是不许无视我的存在。

其实陈小南这种思路是完全正确的，只是刘小强继续顽固地把这种感情埋藏很久。一直到大一，刘小强在酒醉之后打电话给陆小小，这是他第一次表白：我喜欢你，我爱上你了，姑娘，我等你回话呢。

陆小小的声音很冷静：我知道。

刘小强：我他妈当然知道你知道，我说完了台词，该你了！

电话挂了。

刘小强大学里的寝室老六看不下去了，接着一个电话打过去，陆小小那边也是她室友接的。

老六：我三哥喜欢那个陆小小你知道吧？

陆小小室友：我知道，你让他喝多了少往我们寝室打电话，大家都要睡觉了。

老六：哎，你叫什么啊，我觉得你声音挺甜的。

陆小小室友：是嘛，大家都这么说，谢谢啊。

老六：声音甜美的姑娘心地都善良，我听你的声音就想起我以前的女朋友，哎，你苏州的吧？

陆小小室友：对不起，我兰州的。

电话又挂了。

老六瞧了瞧压抑的刘小强：三哥，又挂了，用不用我再打？

刘小强摆摆手：算了，死也等不来一句干净利索的话。

刘小强想到高三，那年春天，雪还没化，刘小强正在教室里上自习，当然，这时候他已经没有心情看陆小小了，条件也不允许，人家早调到年级前几名才可以参加的所谓清华北大班了。中午的时候，刘小强把三个椅子并在一起，躺在最后一排享受午觉，一个人拍醒了刘小强，睡眼惺忪，仔细一看：原来是从小玩到大的玩伴大飞。大飞是刘小强他们那一带小有名气的大哥，这几年什么生意都做，二十出头的半大小伙子，带着几个小姐做着内保。刘小强自然是不想和大飞有太多瓜葛的，毕竟是两个世界的人，好歹怎么说小爷我也是要考大学的人，考大学的人和初中毕业的人，这就是罗汉和芸芸众生的关系，刘小强的自信当然是可以从大飞身上平衡的。

大飞：今天晚上八点半，商贸后身集合，人不够了，顶个数。

这是号令，江湖告急。一个喝多了的酒鬼刮花了陪酒小姐的脸，大飞下了狠手，没想到对方纠集人马以命相搏。刘小强十九岁的智慧认为这是在为女人的尊严战斗，自然马上接受任务。武器不用准备，大飞兄弟那里想要多少有多少，课桌里翻出了陈小南的球衣，电影里说这种化纤的衣服可以滑着刀子不会轻易捅太深的。借来了金小蛋的球鞋，毕竟实在寡不敌众的时候，跑起来不能吃亏。毛衣套好，羽绒服套好，黄小骗的竹板护膝要不要带？带吧，挂在胸前，佐罗不是因为胸前的一个铁勋章救了自己一命嘛。上身宽大，下身紧打扮。刘小强一直忐忑不安地听讲，这一下午他的心都是灰色的。快到放学的时候，趁着化学老师一个转身，刘小强打开后门，钻了出去，刚出校门，他想：我怎么也得看一眼陆小小吧，说不定明天我就回不来了。

于是刘小强走到那个清华北大班的教室门口，陆小小正在听老师讲课。不用问，刘小强这样的人是肯定听不懂的，但他满足了：好了，爷这就飞身上马。到了商贸后身的时候，人已经集合完毕，大飞把咿呀呀歌舞厅的所有内保以及他可以联系到的人都纠集在一起，刘小强手里分到了一个八寸多长的砍刀。以前打架的时候他都只是考虑过凳子、铁尺、拖布、砖头，铁锹那都是准军事化装备，更别说砍刀了。寒光四起，他自己都有点害怕。

时间到了，对方来了六个人，开着车灯站在不远处。刘小强数了数，他们这边十三个人。王朔说过：几十人的大群架不可怕，可怕的就是十几个人的遭遇战。刘小强很害怕，他明显感到两腿中间凉风穿裆而过，摸了摸，没尿，好样的。

大飞带头喝道：说你妈的说，打！

这一声喊出去，刘小强的勇气来了，他把这两年来所有的自卑都消化干净了。他发现原来他最擅长的战场就在这，他完全可以放弃那个他一直很厌恶的课堂走到这个花花世界里来的。他把那六个在黑夜里面目模糊的人看成了那些冷酷的表情以及无视的姿态，他冲到了最前面，一刀下去，出血了。原来人的肉被砍伤之后，肉是白白地向外翻着的，原来血是不像自来水管一样喷出来的，原来那么多看了很多遍的影像都不如这一刀下去来的实际。

刘小强顿时很亢奋，一刀下去又一刀，带头追着其他两个人跑。已经有四个人被众人砍倒，躺在地上护着头被几个人死命踢着。刘小强追累了，他才发现自己手上全是血。

大飞一声令下：跑。

众人沿着公园小路一路向西，为了甩开跟踪又向北，跑到河边，清点人数，还是十三个人。大飞很高兴，但是他又突然想到问题，说道：今天本来叫了二十个人，结果就来了你们几个，刘小强是读书人，今天只有十二个人，没有十三个人。出了事谁要是敢把他供出来，我第一个饶不了他。今天这事肯定闹大了，我今天晚上连夜走，你们都各回各家，警察找上来就说死了不知道，天黑谁都认不清谁。

刘小强苦笑，他知道自己太对不起读书人这个称号了，他团了衣服，脱下了陈小南的队服，公共厕所里洗干净了手上的血迹。

若干年后，当一个小孩子在刘小强面前夸夸其谈自己多么勇猛叛逆、年少轻狂的时候，刘小强一直笑着，到最后忍无可忍，问了句：你知道砍完人，人的肉是翻着的，还是分开裂着的？那个孩子面无表情，无言以对，刘小强自然笑得更加开心，也更加苦涩。

13

刘小强第二天回到学校的时候，很早就偷偷拿着陈小南的队服去水房。这一天他都是死气沉沉地等待消息，他做好了准备，警车突然冲进校园，他被几个警察带上车的时候陆小小在那边冷眼地看。就像《党的女儿》里的女主角，临行前对着小妮子，也是对着阁楼上那个冲动的游击队员喊道：别哭，听妈妈的话，别哭！

要是真有人落泪多好。然而警察没有来。

刘小强悬着的心终于落了下来，他偷偷把洗好的衣服放回到陈小南的书桌，球鞋还给了金小蛋，护膝递给了黄小骗。一切都安静下来了，物理课上，那个势利的女老师已经漠视刘小强很久了，刘小强统计过，两年半以来他没有被提问过一次，他自然也觉得不应该问这个老师任何问题。刘小强很喜欢这种状态，你无视我，我蔑视你。这是差生的基本心态，这种心态也有很多种变种，比如有的人可以找茬和老师打一架，有的人喜欢吹吹口哨搅和一下。刘小强很想搅和，但是又觉得太不仗义，这不是这个自诩为侠客的人应该做的事。于是他拿出相机为自己这仅存的几个月高中生活摄影留念。

事故发生了，物理老师认为：一个在行为上蔑视我的差生不应该在毕业留念的时候给我照相，他的目的一定是不纯洁的，一定是龌龊地想用我的头像换上武藤兰的身体以诋毁我的名誉的。武藤兰都没说什么，真是的。

第二天，物理老师的男人来了，这个男人把不明所以的刘小强叫到走廊，突然拿出报纸指着刘小强的鼻子大喝：把照片交出来。

刘小强木了，他还没明白怎么回事，物理老师的男人就把整个过程用极其夸张的动作和极其猥琐的设想给刘小强讲了一遍。

刘小强笑了：你不说我还真没想到。

物理老师的男人继续用报纸指着刘小强的鼻子，大声骂道：你这种学生我见得多了，小混蛋。

刘小强笑着说：你别指我。

物理老师的男人：我指你怎么了？

刘小强：你指我我就干你。

气氛已经十分恶劣了，这时候正赶上英语课，身材高挑的英语老师邵芬就是刘小强心中的传奇，她自然老远就听清楚了这件事的原委。邵芬是这样说的：刘小强我这就要说说你了，她是老师，你是学生，她大你好几轮呢，你得让着他点。

刘小强憋不住了，坐在班级里的人都憋不住了。她永远用最不靠谱的话表达最靠谱的意思。

然后是教导处、然后是校长室，刘小强都习惯了，这些地方他都熟。

14

某作家说得好：《渴望》就是让一个弱女子站那，一闷棍打下去，挺住，再一闷棍打下去，再挺住，挺到最后，就是好人一生平安了。

所谓幸福生活就是这么来的。

刘小强真金不怕火炼，平时奚落刘小强已经成了习惯的班主任这时候站了出来，刘小强并没有背着什么处分离开高中，他倚靠着已经通过空军面试，高考压力已经不大，过了最低录取分数线就能走人的李小华在最后的三个月里拼命学习，不时请教。

高考。

录取通知。

刘小强去了他该去的地方。

送行酒，刘小强临走的时候和陈小南、黄小骗、金小蛋、佘小翎、孟小奇等众人喝得不亦乐乎。

这几个人一直到毕业都是孤家寡人，姑娘们正眼都不瞧他们一眼，大家都很失落。只有陈小南不一样，他认为高中没有给他施展的空间，大学里他一定会大展拳脚、励精图治的。陈小南喜欢姑娘的人数，刘小强本来是想用刀子在桌腿上记下的，后来记得密密麻麻，以至于班主任一直认为刘小强想把课桌拆了。陈小南追姑娘的套路是这样的：第一批，考虑到金小蛋的外形稳重，打前站的都是他。金小蛋一脸严肃地走到姑娘周围，小声把问题说清楚了，姑娘爽朗的表情顿时凝固，但是还是用微笑掩饰着恐慌，陈小南就知道金小蛋不行了。

第二批，刘小强虽然嬉皮笑脸，但是对姑娘摆摆腔调还是可以的。于是刘小强凑过去，人家姑娘一般都躲闪不及，被堵在墙角，刘小强两手封住去路：姑娘，我们家小南看上你了，表个态吧。

姑娘：流氓!

刘小强失败了，第三批就是黄小骗了。黄小骗说起话来道理还是很充分的，先说说小南的家庭情况，再讲讲小南如何情真意切，最后总结一下如果姑娘跟了陈小南前途讲如何光明。

高中的学生，尤其是漂亮女学生，家长都教了遇到小流氓、拍花子老头该怎么办了，尤其还是这种登记在册的，更不用担心：你们都是一路货色。

有了这些血的教训，刘小强认为陈小南在大学的生活里应该不会再这么被动了。可是有句古话怎么说的来着？人贱有天收。陈小南大学里好容易追上一个姑娘，却成了地道的气管炎。灰太狼似的天天被女朋友牵着耳朵来这去那，一个电话三分钟收拾好一切，刷牙洗脸，整理好衣物，必须穿得笔挺精神一路小跑出现在女朋友寝室楼下。不许抽烟，不许接朋友的烟，不许捡烟蒂，不许闻。

好人想一生平安，还就得先挨几闷棍。

15

刘小强躺在大学宿舍里的第一个晚上，他没有睡着：想当年，金戈铁马，气吞万里如虎。现如今，青灯孤守，何人解我相思苦。

这是黎明前的黑暗，或者是黑暗前最后的夕阳红。

在遇到安小如之前，刘小强相继或者说同时开始了九段爱情故事。刘小强知道自己错了，但是如果有人知道什么叫久旱逢暴雨，有人知道奥斯维辛集中营里的犹太人刚被解放大口吃着盟军的口粮，他就明白了。久旱需要的是甘露，暴雨来了再走就是盐碱地；犹太人需要的是小口呷的粥，吃多了干粮饿了几年早就收缩了的胃马上就撑开。

刘小强就这样，两个电话轮番上阵，姑娘的预约应接不暇。因为刘小强约见姑娘的时候手机都是要关机的，所以寝室室友接了座机都要在墙上制作表格，记录下姑娘来电话的时间，何时需要回复。新人报到都要在表格上登记注册，寝室老六乐于做这项工作，整个寝室的气氛在刘小强的带动下开始了大跃进。六个单身同志频繁放卫星。今天你约了三个，明天他约了五个。老四比较低调，同时和一个寝室的睡上下铺的两个女生谈恋爱。众兄弟得到这个消息，立刻召集周边寝室一干人等，列成两排，老四刚回寝室，两排兄弟躬身施礼：大哥！

第一个姑娘一眼看上去就是个小姐脾气，刘小强是这么哄的：姑娘你爱上一个人难，我爱上一个人也不容易，但是我特别会照顾人。

成交。

第二个姑娘风尘女子外形，左右打听也有不少风言风语。女生之间没有秘密，比如某女把自己曾经和某男私奔的故事说给自己闺蜜听，除非是死心塌地两小无猜的闺蜜，否则，这个故事不久将在男生堆里当笑话听，而且人尽皆知。明知道对手不走清纯路线，梁咏琪的经纪人怎么也适应不了李丽珍。刘小强心思缜密，想了半夜，电话里说：男人都有种特别的自私，他想把天底下所有的姑娘都揽到自己手里。无奈法律不允许，退而求其次，天底下所有的姑娘都暗地里喜欢他，身在曹营心在汉，他也满足。我承认我也有这种心理，但是一旦发现，有的姑娘身在曹营心在汉他不舒服了，那就是真的爱上了，比如你。

姑娘电话那头抽泣半天，又成交了。

刘小强睁着眼睛说瞎话已经到了炉火纯青的地步了，他也在想，我怎么就没对陆小小说过这么猥琐的话呢？如果爱情不再那么廉价，如果情人节的短信没有群发，刘小强就不会是现在这个样子。

他感叹：自己终于撇下良心学会伤害人了。原来伤害别人是一种有着极大快感的事情。比如那个风尘女子，刘小强觉得：你的命运注定如此，这个游戏可能就比我们当年和菜小芯玩的那个更露骨一点。确实露骨了，而且是岂止露骨。我只把这当游戏了，是你太认真。你被我伤害了，可是在我之前你已经被别人伤害过了。年轻的刘小强认为在黑纸上写黑字是没有什么可自责的，他理解不到自己这是在别人愈合的伤口上又划一刀。

零八年初，刘小强在飞机上和一个四十不惑独自一人在南方闯荡二十年的天津人聊天的时候，厚重的天津卫口音教育刘小强：男人都想养着百灵鸟，宠着着金丝雀，吃着天鹅肉，偶尔还盯两眼鹌鹑蛋。不是你的赶紧放生，是你的死死夹住。煮熟的鸭子不能飞，可是你也得看着自己肚子下筷子不是？

16

多少年来，刘小强一直想弄清楚一个意象。那就是很多童话故事都是公主和爱恋的王子相伴而去，可是欧洲的国家小，贵族多，中世纪的时候天上掉下来一块砖砸死十个人里就有五个是领主，公主好遇，王子也不难找。现实生活中就是一个个姑娘在中国劳动人民父母的威逼利诱下终于嫁给了一个自己不爱的男人，至此，一个美丽的爱情故事结束，一个漫长的油盐酱醋开始。

刘小强遇到安小如的时候，他已经对爱情绝望了好一段时间了。并不是爱情不给他，而是他觉得廉价的爱情不值得珍惜。刘小强遇到安小如的时候，是在一个同学的生日聚会上。刘小强看了两眼这个姑娘，并没觉得多入眼。于是他上前搭讪，姑娘没理他。

刘小强身边那时候已经是战利品无数，他觉得多一个少一个都无所谓，没往心里去。可没过几天，安小如打来电话：没事出来走走啊？

刘小强心想：呦嗬，送上门的。

把不要脸的本领发挥出来本来是需要勇气的，但是刘小强轻车熟路以后就不需要了。都是二十多岁的人了，不管是生理还是心理或是舆论压力都需要有个异性在身边站着了，走着走着手就撞击两下之后顺手牵上了；腰就是偷偷摸摸绕过去就揽上了；推搡几下，找个僻静角落嘴就可以半推半就亲上了，大功告成。头天晚上说话还是“某某同学，下来和你谈谈好吗”，第二天一早的电话一口一个“亲爱的”，怎么说怎么有理。

安小如是另类。

刘小强把手牵上，安小如瞥了刘小强一眼，把手甩开也没说什么。刘小强觉得：这是暗号吧。于是走着走着，胳膊偷偷绕过安小如的腰，安小如朝刘小强笑了笑，说：你就会这两手啊？

刘小强愣了，以往彩排多少次了，没这句台词啊。可这是实战，你不能把导演喊出来说：这个群众演员怎么回事，怎么不按剧本走？赶紧滚蛋！

刘小强想了半天，说：姑娘，有点意思。

安小如：你真没意思。

第二次约会，刘小强就猴急地把安小如拉到僻静角落，双手托着她的脸，刘小强觉得这么做很好玩，他下一步打算吻安小如了。安小如不甘示弱，朝准位置两腿中间就是一下。刘小强速成的高手，膝盖一合，搪住高跟鞋：干吗呢？下狠手啊你，也不为以后想想。

安小如乐了：我就是替你为以后想才下狠手的，像你这么油嘴滑舌的，祸害了多少姑娘，少个念想您也少了个罪过，自求多福吧。

刘小强不敢了，他再也不敢对安小如怎么样了。这个大眼睛的姑娘让刘小强看到了希望，看到了漂泊衰老的中年之心回光返照。于是刘小强也不幸跟在陈小南后面成了气管炎，刘小强也学会了如何在三分钟内打点完毕收拾妥帖一路小跑到安小如楼下；刘小强也学会了雨天送伞夏天送水；刘小强也被勒令不许当着安小如的面吸烟，不许接朋友的烟，不许捡烟蒂，不许闻。还加上一条：不许看别的女生。

寝室哥几个开会谈论，刘小强被降住了，这个瘟神终于被氟诺沙星制服了。

17

刘小强的娱乐也被剥夺了，寝室几个哥们秉烛夜谈，回想起高中。这时候，刘小强脑海里还记得的纯洁回忆已经不多了。比如那个走路扭扭捏捏，若干年年后才可以在电视上找到的小沈阳的翻版郑小伟，他每次在全班人面前走过，陈小南和刘小强他们几个就极尽所能地嘲笑：好吧，既然我们在被逼起来回答问题的时候你也总是用手捂着嘴羞涩暧昧地嘲笑来着，现在这个时候我们也该还给你了。

郑小伟白净的面容下隐藏着的却是卑微到极点的灵魂，你在一个十八岁的孩子身上看到的是世故和做作，然后你看他开始学会了如何在几个姑娘纯真的感情中间柔韧有余。你甚至在他东窗事发之后都看不到一点悔过。他把爱情都看成了物竞天择、适者生存。这种本应该生存在南美丛林里的野蛮人被释放到现实社会必然给其他人造成了无法挽回的伤害。

程小双曾经深深爱上了郑小伟，作为死党的刘小强等人百般干涉。当然，刘小强是这么想的：我为陆小小郁闷的时候你不是安慰我说和我一起单身到毕业吗？

但是刘小强也理解，这种事怎么拦也拦不住。程小双同志的爱情被当成了 ST 股，还挂牌了。这是大家都不愿意看到的，一年以后，程小双被郑小伟同学通知游戏已经结束的时候，痛苦万分。为此郑小伟同学在放学的路上一直保持着最快的速度，坚决不走小路，飞一般离开学校，这种状态一直保持到高中毕业。当然，刘小强事后也觉得自己挺操蛋的，每天总写纸条或者找金小蛋递话给郑小伟说：你放学等着我，有事和你谈。

榜样的力量是无穷的。

——培根

哥几个也不能让刘小强一个人顶着，真要是给郑小伟逼急了怎么办？法不责众，更何况是民心所向，于是哥几个轮番想和郑小伟谈谈，这就更加使郑小伟同学觉得自己过火了，连夜写了一封半检讨半探究的信给陈小南为首的伪中央送来。伪中央领导也颇为重视，课间不休息严肃讨论了这个问题，结论是：纸条，不能写了，别留下把柄。话，接着递。

郑小伟高考之后，肯定比刘小强他们所有人都觉得解放的感觉，毕竟有一伙人总想算计你，放学后里外勾结找几个陌生人下手也是有可能的。这种担心不是没有理由，刘小强就不止一次向程小双同志建议：就高考那天，找两个陌生人，咱也不打也不骂，就砖头朝右手那么一下，齐活了。

程小双心软，哭了。

刘小强心说：嘿嘿，心疼了怎么着？

程小双：有你们这帮朋友真好。

18

与此同时，没名同志正在快乐地渡过她迟来的青春期。当然，刘小强他们那是重点班，没名他们那是普通班。一般高中班级的种类都分为四种：第一种，清华北大班，这种班一般是在高二以后产生的，专门给一些高端学生准备，这就是京津高速列车，每小时350公里的速度。第二种，重点班，刘小强属于运气极好那伙的，垃圾中学赶上了名额分配，搭上了最后一张门票，有幸成为凤尾。这就是高中里的动车组二等座。第三种，半自费，据说家长拿了一万多学费，这种属于特快、快速列车，基本上也能朝发夕至，赶上提速，考上重点大学的也有不少。第四种就是没名他们班的了，就是四位数字的那种火车，北京到天津中间停车十几次，什么车过路都得给人家让道，逢站就停。没名的成绩，就属于四位数普快列车里，还有十几个车皮是顺道拉煤的。

全年级被评为最没心没肺的两个人，男的里数刘小强，女的里数没名。若干年后，当刘小强和没名搞到一起的时候，所有人都报以极其怀疑的目光和极其惊异的表情。团团圆圆去台湾了大家都相信，两个活宝凑一对了，所有人都不相信。

刘小强出差在没名家借宿的那个晚上，春心萌动，他问：姑娘，处过几个了？

没名笑着问：您是问确立过关系的还是问上过床的？

刘小强不是糊涂人：都问问，你说说，我听听。

没名：恋爱谈过三次，出轨四次。

刘小强：是人数还是人次，要知道出轨四次可以是你和甲谈朋友的时候和乙搞了，分手后和乙谈朋友了又和甲搞了。乙知道了很纠结然后和你分手，你又和甲处了，乙这时候再冲上来，如此重复，这也算处了三次，出轨四次。

没名笑了：女主角就我一个，男主角甲乙丙丁戊己庚辛。

刘小强心凉了半截，他很纠结。他想了想，半晌冒出一句：姑娘你可真大方。

没名回道：爷您也不小气啊。

好吧，如果甲伤害了没名，然后乙在没名受伤的时候趁火打劫，这时候丙充当护花使者出现，没等自己圆好借口，丁补充上来，而后是而后的故事，说复杂也不复杂，就跟京沪会战一样，一个个齐装满员的德械师奔赴战场，一个个被日军慢慢消耗，最后沦陷。

没名讲这些故事的时候，永远是笑着，刘小强实在是想看到她痛苦的样子，哪怕是在眸子中看到一点点失落，那也是作为男人的刘小强想看到的。因为那失落会让刘小强看到没名已经成熟，或者说是没名发现自己已经没有多少赌注的信号。没名微笑着讲完一切，然后她还是会回到发嗲的状态向刘小强祈求他的故事。的确，交换秘密，相互信任，刘小强又被逼着讲他的风流往事。

刘小强心里莫名泛起了波澜。他还记得大学的时候，那个叫哎呀呀的姑娘，大眼睛，短头发，一脸的呆呆表情。刘小强本想把她当妹妹来着，至少刘小强跟人说过他想把她当妹妹来着，不过这话鬼才相信。他谈笑风生，然后她呆呆地在一旁，然后她喜欢上了他，他也一样。可是和哎呀呀两个人出去散步，赌气似的说：别闹，再闹，再闹我非礼你了，我真非礼了。

手是最不听话的，拥抱、激吻，然后冷静下来。刘小强心里又是悔恨又是害怕，还帮着哎呀呀整理衣服。

第二天他们俩没有出去散步，电话里赌气似的说：别闹，再闹，再闹出去开房，我真打电话开房了。

身上就没有什么东西是听话的，拥抱、激吻、脱，然后冷静不下来了。

也许你见过爬山爬到山顶上，一览众山小，放声大叫的。但是你绝对没有看到过爬到山顶有人放声大哭的，声音凄惨。刘小强以为自己是不是太鲁莽了，连忙凑上前去，得到答复是：我没事，继续。

刘小强讲到这的时候没名大笑：还真是第一次听说，那个来了的时候居然还有哭的。

刘小强明显想让没名忘了刚才也许是她故意隐藏起来的悲伤，或者是这丫头没心没肺根本就没有悲伤，总之刘小强想通过一段幽默换一个话题。他接着说：有哭的，有笑的，也有上蹿下跳的，有学狼叫的。

没名哈哈大笑，她知道刘小强是在故意逗自己。她知道刘小强不是孙悟空，他不能变成各种动物把各种情史编成叫床回忆录。

没名过来压住刘小强：爷，您的故事可真多啊。

刘小强：哪里哪里，和您比有差距。

没名说：爷，您爱过谁吗？是不是跟我在这缠绵，心里还惦记陆小小呢？

刘小强笑了：她就是爷心里的一个结，谁少年时代还没有幻想啊。

第二天，刘小强带来了托尔纳托雷的《西西里的美丽传说》，两个人躺在床上，刘小强指着性感的贝鲁奇说：这就是主人公维里托心里的陆小小，这只是一个少年意象，她代表了美，代表了神圣，代表了智慧，但是，她不是现实的。当现实落在你身边的时候，你会发现，你的意象现实中有那么多不足，就像维里托发现玛莲娜的堕落，发现她上了德国人的床的时候，那种失望，你能理解吗?

没名听了这话，她想到了自己成为别人意象的时代，她回忆起自己的短发一点点留长，披肩的时候，每一节都告诉她：在你的头发长到这的时候有一个故事，长到那的时候有一个故事，一节一节的故事。如果把这些故事用不同的颜色染起来，那她脑袋上就跟挂着一片彩虹一样。

她想起自己第一个男朋友，然后是第二个，然后是第三个。刘小强观察到了她回忆的眼神，这些人里不可能都是情场高手，他们中或许也有被没名伤害过的，或许没名不愿意承认，但是，刘晓强明显感到，他们俩都后悔了。

19

没名第二次来北京的时候，已经被刘小强蛊惑，决定脱离开父母的副卡，奋斗出一番事业了。当然她也是实在烦透了刘小强的短信了：你是我的第二春，你是我的姑奶奶。你是我的真心爱，你是我的小可人。你是我的麦丽素，你是我的无花果。你是我的洪七公，你是我的小黄蓉。你是我的玻璃球，你是我的猴皮筋。你是我的弹弓子，你是我的西红柿炒鸡蛋。你是我的永远的记忆，丫头！

偶尔没名也回一句：喜欢的姑娘是要摆在家里的，我摆在家里你放心吗？

这话属实让刘小强为难了，是啊，摆在家里自己放心吗？这可是有好几次前科的姑娘啊，把这个姑娘摆家里，自己去玩命干活养家，怎么能放心得下。回一句放心吧，明显理由不充分。回一句不放心吧，那鬼丫头肯定说：那还想什么，赶紧找个老实姑娘算了。

刘小强忽略了这个问题：您得给我个念想吧，你要说前途光明、道路曲折，我也认了。先给个信号，别跟陆小小似的，什么都不说，结论自己猜去，这谁受得了。前途光明我看不见，道路曲折我走不完，人生就那么几十年，我也是适龄青年，您手下留情啊。

没名没回。

没名拎着包走出北京站的时候，刘小强迎上去问：怎么着，是打算回朕的爱巢呢，还是打算自己拼出个样子给寡人看看？

刘小强两年前进入光迅传媒影视公司的时候，一切从零开始。那时候刘小强觉得要认识更多的朋友，才能走更宽的路。于是各色人等全都冲了上来，有给知名导演当跟班的，有给出版社倒卖书号的，有四处骗明星走穴的，一帮人手拉手聊起来亲兄热弟，酒会上相互留号，嘴里说着：时刻保持联系。为首的自称某导演嫡系，到后来才知道是群众演员，说自己在某个电影里客串了一个角色，图个好玩。刘小强知道，王晶在自己电影里客串个千王，刘镇伟演个菩提老祖，那叫客串，你个孙子哭着喊着为了几百块钱上戏露个脸没半句台词也叫客串？在北京待久了，反而不像刚来北京的年轻北漂那样，觉得奇迹无处不在。哪有什么奇迹，一步一个脚印，所有人都警惕性极高地听着身边人说的所有传奇，不管真假，都要在脑子里过一遍：这孙子是不是要忽悠我，骗我钱？

20

2009年1月，刘小强作为艺人经纪公司的代表参加两个青春作家的出道仪式。那两个绽放着的美丽的90后花朵粉饰妖艳，他冲动了很久，以至于很长时间都保持着坐着的姿态不能站起来。这两个女孩子太想出名了，十七岁就为了上戏和一个骗子影视公司的老板混上了。当然，老板吃到了小雏鸡却发现鸡腿肉还是没有老母鸡多，心生弃意。不料两个90后一鸣惊人，又是报警又是发布博客新闻联系媒体，揭露娱乐圈潜规则，火了。结果被出版人看中，娱乐行业的小破船成了文化行业的铁达尼了。这么说绝对不是为了引诱90后女生向她们看齐，这种尝试只有第一次可行，毕竟这不是三好学生，更不是三等奖学金。

两个90后笑容绽放完毕，在媒体的堵截下很谦卑地离开。底下同样是出版公司签约作者的少女作家们，今天的任务就是给那两位当陪客，媒体当然也是一个说话的机会也不给的。当然，小姑娘们也开始摆范儿，偶尔有人找上来签名也是嘻嘻哈哈地问了几句再认真签上。刘小强坐在最后一排，他往前走走，见着一个姑娘手里拿着鲜花，不用问，这也是一个作者。刘小强早就习惯了搭讪了，于是一脸流氓相露出来，他是绝对不会问：姑娘，你现在写什么方向的小说啊？这么干的结果肯定是这个文艺女青年微笑着摆起谱来，然后嗲声嗲气，说：人家现在不想再写那么庸俗的东西了，在停笔想问题，过段时间去巴厘岛度假回来再说。

刘小强不给她不要脸的机会，不要脸是不能让别人抢走的，刘小强说：姑娘，挺漂亮的啊。

姑娘装起了文化人，笑着说：谢谢。

刘小强装傻道：你是写字的?

姑娘答：是啊，你是干什么的?

刘小强说：我是人贩子，这是我名片。

刘小强得让她清楚地知道，我认识你是因为你还算是有点姿色，我可不想让你觉得你是个写穿越小说的狗屁作家就觉得自己飞上天了。在刘小强眼里，王朔那算是作家，阿城那是大家，中国就没有大师。什么高行健得了诺贝尔奖，那不就是一个得了癌症的人又好了，觉得自己死了一次又活了，参悟人生了吗？我们家胡同口那个老太太也得癌症了，也好了。

刘小强把那个姑娘叫出来喝茶，姑娘叫舒拉，戏剧学院播音系，四川人。喝茶是例行公事，然后去吃饭，吃饭也是例行公事，吃饭完去唱歌，唱歌还是例行公事，公事的最高境界是开房。

刘小强把被她枕着的发麻的胳膊抽了出来，靠着枕头倚在床头，笑着。

这是一个多么可爱的姑娘啊，她也许生在了一个平凡的家庭，她也许想走捷径，她也许也想倚靠自己的所谓才华而不是色相拼出点东西。何必呢？刘小强认为舒拉根本就不值得，她应该找个房地产商。

21

周末，刘小强又约阳春面出来了。在没名没来北京之前，刘小强总软磨硬泡阳春面给自己做好吃的可乐鸡翅。阳春面的丈夫自然也知道刘小强孤独一人，甚是可怜，而且阳春面、程小双和刘小强、金小蛋、余小翎等人也是十多年的死党了，不值得担心。

芬地得森咖啡厅里很安静，刘小强就在这等阳春面。

阳春面习惯性地把保鲜盒递给刘小强：回去用微波炉热一热就行了，别忘了把保鲜盒给我洗干净了。一会我得赶紧回王府井，下午要开会。

刘小强接过保鲜盒，说：昨天我在网上遇到小银鱼了。

那是2008年的5月，新闻里轮番报道，四川发生了大地震，成都离震中也不远，小银鱼正在成都工作。地震把很多电缆和光纤都震折了，得到消息的时候已经是三天以后的五月十五号。阳春面“啊”了一声，既然已经在网上见面了，证明人没有事。刘小强故意笑着唱起了蔡健雅的《假想敌》：不闻不问，怕自己平静的心再沸腾。爱过的人，都非得当成假象的敌人。

阳春面：你把鸡翅给我，我拿去喂狗。

刘小强笑着说：真的不想？

阳春面：要是当年他能主动跟我说一句“我喜欢你”，我毫不犹豫就跟他了。我可以高考都牺牲自己和他考一个地方，我可以做我所能做的所有事。我们俩初中就是同学，认识的时间加在一起也有十四年了。你问我现在想不想，我只能说不想。

刘小强收住了笑容：那他要是还想你呢？

阳春面：过去了就让它过去吧。

刘小强脑海里再次闪现，那个小银鱼犹豫不决的每一个动作，他躲开阳春面的眼神，却又要掩饰自己得到眼神的兴奋，他自说自话，他回避了所有纯洁爱情所要承担的东西。

这个世界上没有哪个国家的孩子还能在爱情上被人胁迫了。大人们用善良的理由和长远的规划，换句话说也是塑造未来的控制欲，压制着青春的爱情火花。爱情变得偷偷摸摸，甚至畸形到当我们回忆爱情的时候，总觉得偷偷摸摸就是美好，反而已经不习惯大张旗鼓的示爱了。应该每个大学都有这样的男生：一个愣小子捧着一大束玫瑰花，或者摆着一地的蜡烛，等在女生楼下，然后大声喊“我爱你”。一帮人围观，很多人说：这小子神经病。

小银鱼不是天生怯懦的，但是阳春面要他勇敢却要不到。任何一个女人都不希望自己的爱人没有勇气承担责任，这就是阳春面要给小银鱼的答案。

其实，小银鱼很无辜。

阳春面很不满刘小强总要探究过去的动向，她也一直怀疑刘小强是不是还对陆小小心存侥幸。阳春面问：陆小小就在东单，不远，要不要过去看看？

刘小强一脸诡异：不去。

阳春面：那没名呢？

刘小强：想。

22

大一的时候，没名认识了一个跆拳道教练。教练盯着没名孩子一样的外表，笑着面对一切的态度，开始心动。没名的笑可以让所有男人产生极其强大的占有欲，于是，跆拳道教练对没名展开攻势。没名不知道他是不是真心的，没名也不想知道。

教练：你喜欢我吗？

没名：不烦。

教练：那你表达感情的话，把人分几种？

没名：烦的和不烦的。

教练：那我们谈恋爱吧。

跆拳道教练永远是跆拳道教练，他的自信建立在格斗的技巧以及作为自然人的勇敢上。但是他隐藏的自卑，只有在夸大地表现自身能力的时候才能看到。

没名偶尔无意识地说：那哥哥工作不错，一个月一万多的收入。

教练很敏感：那有什么？

没名：我只是说他很能赚钱。

教练很不屑，他并没有了解没名的精神需要，这一点他应该和刘小强取经的，其实没名只要一根一块钱的蒙牛就可以堵住她的漫无边际的纠缠，没名可以去沈阳的五爱市场、北京的五道口、动物园买地摊货并从中得到相当的满足。但是教练不懂，他开始冲动无知，他开始荷尔蒙泛滥，他的没名在午夜阳光，只因为一个小伙子盯着没名多瞧了几眼就寻衅滋事。

教练把没名拽到一边，招呼着那几个年轻人来到午夜阳光外的停车场。他数了数，六个人。

半包围的架势摆好了，这六个小兄弟自然也觉得遇到了挑战对手，但是他们没想到结果是一边倒的。第一个冲上去的兄弟接了一脚横踢，捂着肚子躺那了。第二个冲上去，教练上前两步，腾空跳踢，小伙子捂着脸半天没言语了。第三个想趁着这机会抱住教练，好让其他兄弟近身收拾，教练一个躲闪，回头一个后旋踢，胸口正中一脚，也躺那了。

打架不是看电影，更不是游戏机，你要过关的话，必须要把所有人都打红血。剩下那三个人明显感觉到不可能取胜，扶着自己同伙赶紧撤退。教练拍了拍双手，得意地看着没名。

这时的没名没什么感觉，她觉得要是其他姑娘面对这个镜头一定会疯狂掉的。当她把这段故事讲给刘小强听的时候，刘小强很为那六个人愤愤不平，那多半是出于嫉妒，毕竟黑带不是那些穿着跆拳道训练服的人随便就敢吹嘘的。可是这是文明社会，刘小强这种人遇到这样的尴尬也开始跟没名讲文明了。

刘小强：打人有什么用？太粗鲁了。

刘小强习惯了和文化人装流氓，和流氓装文化人。现在遇到一个流氓会武术，谁能挡得住？

只是当时的没名，发现了他的自卑。这种无聊的自卑不仅不能给没名安全感，甚至已经让她感到幼稚。一个自以为成熟的男人一旦被发现很幼稚的时候都是极其暴躁的，教练也不例外。他认为作为大学生的没名从心眼里瞧不起自己，但是他心里又想说你凭什么瞧不起我。

他根本就不知道，失望的原因。

于是，他们分手了。

23

没名干净的外表下藏着的故事无人知道，她和普通女孩一样嘻嘻哈哈，她不会表演自己知道很多然后对各种事情表现冷漠。她习惯了整天给所有人讲话和表演空间的日子，既然你选择了在我面前表达你的情感，那我即使不接受，可是观赏的权利总是有的吧。

于是一个大学同学马萧萧走过来跟没名说：能要下你的电话吗？

没名觉得电话给他并不可怕，可是没名的电话给出去容易，骚扰起来就更容易了。自卑的男人总喜欢给他的追求对象带来小麻烦，比如电话骚扰就让没名疲于应付，他们会觉得这么做就控制住了一个自己可能没有能力控制住的姑娘。没名拒绝了，但是没名看着马萧萧的模样又突然觉得后悔，干净帅气的马萧萧让没名的心里顿时改变了主意。没名预感到这将是一场虽然不轰轰烈烈但是好歹也是你情我愿的情感大戏了。

没名：我为什么要给你？

她想为难一下这个简简单单的小伙子。

马萧萧：我只是随便问一问，别介意。

没名乐了，她马上说出来了连串的号码，而且坚决不说第二遍。马萧萧突然听到号码，记忆还没唤醒，怎么央求，没名也只是笑。

没名觉得所有的都是在演戏，她从来就没有期盼过一场真正的恋爱，她的心是冷的，她习惯被人爱，她习惯被人关心，她习惯爱别人，她习惯关心别人。她唯一不习惯的，就是冷静下来，想想“习惯”这两个字，那么陌生。

什么是武林至尊？武林至尊就是打败了很多人？那最多也就是个侠客，说白了就是王家卫电影里西北酒馆桌子上拎刀坐着的四处替人杀人收银子的流窜犯。武林至尊就是有很多小弟？那也不过就是任我行那种精神空虚满世界需要有小弟跪拜的崇拜欲望的附庸。武林至尊就是潇洒而且霸气？令狐冲那种放荡形骸之外的潇洒根本就不是武林至尊。那什么是武林至尊？

没有死穴，这就是武林至尊。

刘小强的死穴是谁？陆小小。

一点不差。

小银鱼的死穴是谁？阳春面。

回答正确。

菜小芯的死穴是谁？小银鱼。

恭喜你，过关了。

最后一道问题，如果这个问题答对，就是万元大奖，如果你答错了，可就什么都没有了，想好了吗？真的要挑战吗？确定了吗？那好，请听题：没名的死穴是？

……

很遗憾，大奖只有下期才有机会了，谢谢收看本期节目，下期再见。

没有人知道没名到底在爱谁，她是一个谜。当然，即使她突然爱上一个男人，那个男人也是永远都不会知道的，然后春来秋去，然后时光荏苒，然后男人老去，没名依旧是没名，只是，她不爱你了。

于是，没有死穴的没名和马萧萧走到一起，马萧萧本来想按着他的思路一步步走下去的。拉手？好。没名没兴趣拒绝。只要有温度，为什么要拒绝温暖呢？亲吻？好。没名还是没兴趣拒绝。只要有感觉，为什么要拒绝自然而然的事情呢？做爱？马萧萧拒绝了。他很想很纯洁地抱着没名，两个人在悠闲的午后，惬意地相互拥抱。马萧萧肯定是爱上没名了，他开始癫狂，他开始监视没名的每一个电话，他开始观察没名每一个眼神要给其他男人传达什么信息，他的控制欲望瞬间膨胀。

这不是他的错，坚挺的货币永远让投资者有着极其强大的控制欲望。控制它说明你的潜在升值能力，也能说明你的话语权，更能说明你的身份和地位。爱情这东西，一旦和这些东西搅和到一块，就很快会让人厌烦了。

24

没名觉得从心眼里对不起马萧萧，她觉得人家对自己已经很真诚了，而自己还在寝室里躲着，有时候没名会和寝室里其他姑娘去午夜阳光。作为沈阳最大的夜场，没名居然也不好奇，骚动的气氛一点也没让没名兴奋。夜场每一个台柱上都有一个性感的姑娘穿着蕾丝吊带袜在那里扭着花枝一样炫的节拍，低音炮在狂响，没名看着自己的大学同学已经进入状态，陌生的男人们已经注意到这一群姑娘了。

于是，姑娘们一个个跟着一个陌生男人喝了几杯，姑娘们一个个和没名告别。饭是要吃的，毕竟跳了一晚上是很累的，但是吃饭不是目的。话是要说的，毕竟刚认识的小伙子还是比较陌生的，但是说话也不是目的。没名没往下想，一个男人走了过来，中年人，三十多岁，清瘦。他和没名打招呼，没名没理他，他又叫了一杯鸡尾酒给没名，没名喝了一口，还是没理他。

于是男人想知道没命到底怎么回事：丫头，不觉得这里闷吗？

没名是觉得这个喧闹的地方因为所有人都在玩命跳跃，二氧化碳呼出太多显得很闷了：嗯，有点。

说话了就是一个好的开始，他继续问：出去走走？

男人开着的车是切诺基，没名就给他起了一个外号：切诺基。

切诺基没有按着没名既定的方针和她寒暄之后仅仅是互留电话，然后无数次的所谓相互了解之后再下手。没名还是没有感觉，她甚至都没对自己说什么话告诫自己要学会警惕。

没名突然喜欢上了切诺基略带烟味的吻，很成熟，这种成熟里有种久违的熟悉和陌生。没名已经讨厌了马萧萧那种纠缠，完美的爱情游戏玩到头了，她不需要物质刺激，她需要的就是一个简单的关系，一个被关心、被呵护的关系。

切诺基认识没名的第二天，他们上床了。没名痛苦地咬着切诺基的肩膀，切诺基就像他的车一样，四速自动全时四驱，电喷六缸发动机，开起来就三秒百公里时速。中年男人明白很多细节，明白很多道理，呵护的动作只要节奏减慢就可以达成，但是他突然不明白没名在想什么了。

切诺基也有抛锚的时候。

他点燃了一支烟，告诉没名：我有个女儿，四岁了。

没名的脑子飞快运转，这句话的潜台词是什么？哦，是他知道这事有点过了，但是这不就是一场又一场世界上任何地方都会时时刻刻发生的爱情事故吗？切诺基的意思很明白：我已经有了固定的加油站了。

没名知道这个成功的男人每天晚上都要定点回到属于他的车库，照顾他的小切诺基，只能加属于他的大行程发动机 90 号汽油。他不想这个眼前的姑娘只因为床单上的一抹红就彻底让他放弃自己已经拥有的一切。

少年多逃避责任，中年多患得患失，没名都遇到了。

没名觉得无所谓，她没有兴趣逼着切诺基改变什么，何必呢？93 号汽油就一定能让切诺基在市区开起来更顺畅吗？如果切诺基选择周末去乡间度假，这种大功率发动机的要求，70 号汽油偶尔来填补90号汽油的压缩比空白，正是没名想要的。

于是，没名果断地结束了和马萧萧的一切。伤心欲绝的马萧萧几次三番来找，从没名寝室室友那里得到消息，却还是一如既往，表现出想要包容一切的架势。没名不想见他，这不是两个人的错，也不是切诺基的错。既然大家都没错，于是有一个人决定远走以求冷静一会儿。于是，马萧萧去了澳洲，留学。

25

切诺基细心呵护着他的家庭，每到周末，他就在宾馆里开好房等没名。

切诺基：丫头，我们私奔吧。

没名：别，姐我没那么糊涂。您也没打算和我私奔，别转个圈先骗了自己再拿来骗我啦。

切诺基：丫头，那我总得给你点什么吧?

没名：你觉得你能给我什么?

沉默。

没名是在逼自己被爱? 刘小强曾经试图理解过，不是，她在逃避爱，她害怕所有的禁锢，所有的控制欲。所有人都是萍水相逢，所有人都是露水情缘，你来我走，江边小舟，今天见着的打个招呼，明天就各奔西东。

时间久了，切诺基开始不那么严肃了。他开始把眼前这个古灵精怪的姑娘当成一个简单的花瓶，但是花瓶易碎，他又悉心呵护。三十五岁的女人如果自以为会被一个二十岁的小伙子爱上，那她的精神也一定处在癫狂状态。三十五岁的女人会极尽鱼水之欢，三十五岁的女人会倾注所有沉寂已久的爱情，三十五岁的女人会宣泄所有的童真，三十五岁的女人会做任何事，唯一不会做的，就是让她放弃家庭。

那切诺基呢？他是男人，他不光是个男人而且还是个成熟的男人，他不光是个成熟的男人而且还是一个成功的成熟男人，他不光是一个成功的成熟男人而且还是一个有着别人羡慕的家庭的成功的成熟男人。

他更不会放弃已有的，艰苦奋斗得来的。

于是他开始填补空白，他想让没名按着他的思路成长，他想把没名留在身边，让自己成为见证没名成长的园丁。他教育着没名不要和寝室的姐妹们去喝酒、K 歌、傍大款。是的，很多艺术类学校的女生都会这样。一次私人聚会，没名跟着姐妹们去参加，桌子上突然扔过来大麻和冰毒。姐妹们轻车熟路，各取所需，转眼间就进入状态。没名不害怕，她也不好奇，她觉得自己不需要那个东西。电话响了，切诺基打来的，他问清楚了没名的情况，转眼间开车赶到，领着没名就往外冲。几个男的过来阻拦，切诺基也不多说，上去就是一拳。

好吧，切诺基不得不承认这是爱情，他终于发现自己开始不守理智了。90 号汽油已经不能满足发动机的磨损带来的心理缺位了。小号汽油的压缩比开始占据市场的主动了。

切诺基：我们私奔吧。

没名：你想好了吗？

切诺基：我，我想好了。

没名笑了，想了想：回家接你女儿放学去吧。

如果说每个男人心里都有一个断背山，那么善良的你读到这里是不是希望每个男人心里都有一个没名？不谈责任，不纠缠着你谈爱情，不死皮赖脸要求你给个名分，不让你左右为难抛弃发妻。她仅仅是需要爱，如果你自认为你的爱情过剩，那就尽管给好了，每个人都有爱的权利，何必总用意淫的目光把这些都隐藏起来呢。

没名感谢他，是他为没名指引了前进的方向，但是没名也厌恶他。

吃饭、唱歌、开房，唱歌、吃饭、开房，开房、唱歌、吃饭，开房、吃饭、唱歌，唱歌、开房、吃饭。

所有切诺基能给的，都在这三个节目的重复往复中去。切诺基不会给没名一个安定的家的感觉，这让没名慢慢地有些失落。

切诺基：和我相处过的女人，最长没有超过一年半的。

这句话出口，没名心里暗下决心：我一定要超过一年半。于是一年半的漫长等待开始了，男人们的献媚却没有停止。摄影师、酒友、同学，所有人都开始了各色的嘴脸，没名也许是真的不习惯寂寞，或者是她真的不习惯被控制。她想看看所有人的表演，而所有人的表演都是那么类似。

表演完毕的时候，往往是清晨，没名赶走了床上的男人，她不会忘记给刘小强打个电话：干吗呢?

刘小强睡眼惺忪，寝室里一帮哥们成天昏天黑地游戏，大早上寝室里所有人听到电话铃声都开始咒骂，刘小强接了电话：老婆，有事?

没名乐了，几乎每次打电话都是这句回应，事后刘小强承认这是条件反射，毕竟问“你贵姓”，然后忘了是谁你再问名字，说了名字再说“这么熟呢”，这事干出来也太没素质了。

刘小强一直把没名当成高三那个穿着校服满操场飞奔的那个凌波微步的旗杆，他的脑子里没有性感的没名这个概念。于是他的调笑永远停留在电话里，他明显已经感到手上这些姑娘就够忙不过来的了，他甚至都会向没名取经，没名也真敢教。

什么叫蛇鼠一窝？这就是！

没名：姑奶奶都忘了你长什么样了！

刘小强：不用记着，我记着您呢，现在过了八十斤这个坎了吗?

没名：早过了，现在都一百出头了。

刘小强：哦，长骨头还是长肉了。

没名：爷，都长了。

刘小强当时没信，可是后来刘小强拉着没名，掀开被子上下端详的时候，他心里后悔万分：你当年怎么不好好说，这变化也太大了吧。

没名：说了，当时爷不信。

刘小强：忒败家的娘们。

26

刘小强和大学的女朋友安小如分手，是因为安小如实在受不了和刘小强一起北漂了。刚到北京那会儿，一心想当编剧的刘小强还是很理智的。他认为，要想迅速进入影视圈成为主笔是不可能的。北影厂门口天天有一帮半老不新的年轻演员在那等机会，抱着一碗盒饭就等着剧务来领人，人贩子似的剧务后面往往跟了一票人，追着喊着说我能行。知道张钰能被导演潜规则有多难了吧？少林寺十八铜人阵算什么？练几年，身体好的都能过去，即使不能左右胳膊上一个青龙一个白虎的烙印，也能得个过关的通牒。

刘小强很迷茫，做编剧这行，作家群里穷疯的转行进来，作家群里富大发的也请进来，每年毕业的学生算什么？你得从第一步开始，第一步是什么？剧务？做梦去吧，当个跟组剧务得了，中午盒饭你去买，买完了你去扛。刘小强乐此不疲。

住哪？北京城还缺住的地方吗？天坛西门、昌平以北、顺义郊区、想占个天时地利的话，地坛里面还有一排小平房呢。好吧，刘小强拿不起房租，那怎么办？半地下室。还是不够，那怎么办？还用问，还有地下室呢。

地下室好吗？

废话，好的话奥运会的时候就不把地下室里的人清出来了。中国人要是个个都住泰姬陵那个规格的，还有必要不让老外看吗？

那夏天热吗？

不热，就是有点潮，盖久了的被子要长毛。

那冬天冷吗？

不冷，就是有点闷，热空气往上走，氧气也跟着往上走。

那剩下的是什么？

没学过高中化学吗？

人呐，都是逼出来的。

这话一点都不下流。

安小如受不了了，受苦人都能受，可是她受不了刘小强这股子自我慰藉的阿Q精神。刘小强总说理想的前方已经不远，可是谁能看到那个不远的希望离他们的地下室有多远？刘小强拒绝了安小如介绍的工作，他还是认为自己一个月四百块钱的剧组补助是可以维持生活的。他不关心CPI，他也不关心物价，他只关心今天他和哪个演员说上话了，昨天导演冷不丁问了自己一个剧本上的问题，前天他观察了摄像师走软轨的手法。一点一滴，他把这些告诉安小如，安小如在旁边冷笑：你也就是个跑龙套的命。

刘小强受不了这种冷嘲热讽，他觉得这是他的理想，他的追求。你可以说我现在没有能力养活这个所谓的家，但是我会成长起来并且一跃成为如何牛逼的人物的。

这在安小如眼里是刘小强给自己吃的精神鸦片，可刘小强认为，希望不远，好容易挤进这个圈子的外围，只要让我一层一层，剥洋葱一样往里挖掘，就一定会有成功的那一天的。

新北漂都这样，都觉得自己只要伸一伸脚这个世界就会变样，剥洋葱似的探究自己根本就没有能力了解到的内部构造，一边流泪一边剥，结果发现里面是空的。

理想这块梅林，太远了也止不了渴。

安小如陪着刘小强坚持了一年，她实在受不了了。她看不到这段感情的未来：你是男人，你折腾到三十多岁一无所有你还是个男人。可是我是女人，我不能因为你的一无所有也让我一无所有。我要婚姻、我要安定、我要家庭！

刘小强：我可以给你啊。

安小如：你拿什么给？

刘小强：是啊，我拿什么给。

27

刘小强可以给自己开空头支票，但是不能给这个等着自己六年的女人再开空头支票了。他爱她，要不然他就不会像陈小南那样由一个散兵游勇一个星期之内调教成王牌军了。他突然之间从玩世不恭进化到恪守成规，这是一个历史性的转变。但是眼前，必须要告别学生时代了，刘小强突然发现自己的承诺变成了最不值钱的东西。

这就好比自己画了一张人民币去胡同口的地摊买早点，手纸材料铅笔画，还画了一张七块钱面值的。

刘小强曾经带着安小如去洱海，云松寺里的凤来池一千年来所有的情侣都把铜钱硬币扔到里面，厚厚地堆积一层，黄白相间。隔着清澈的池水，刘小强明显看到最上面一层的一角和下面的银元对比明显，更下面的金币尤其惹人。我们的祖辈对爱情忠贞不忠贞刘小强不知道，但是他至少知道他们是真舍得下血本。

安小如：你在想什么呢？

刘小强：我想下去捞。

安小如：小市民！

安小如走的时候，除了几件衣服什么都没带。没过多久，刘小强就听在北京的大学同学说安小如结婚了。她并没有邀请刘小强，这种关系被邀请的可能性几乎为零，而且自己去了怎么介绍?

这就是那个耽误我六年的男人。

这就是我爱了六年的男人。

这就是爱了我六年的男人。

这就是拉着我来北京住地下室的男人。

刘小强越想越庆幸，幸亏没有被邀请。孤单的他那时候就更没心思想陆小小了，那已经是回忆了，眼下什么都要靠自己了。

同剧组的剧务老大也是学导演出身，今年都三十四了，还在剧组的底层。两个好朋友喝酒的时候，老大也是一脸无奈。老大是正宗的中戏导演系本科，如今到了这步田地，心里不平衡总是有的，可是他之所以能和刘小强喝到一块，还是那个原因：两个人都有梦想。

28

刘小强就这样和老大一起认命一样开始了在剧组的拼杀，两个人同性恋一样搬到一起，拍戏的时候每天早上五点起床成为横店最勤劳的人，跟着组每天的任务就是搬道具、接群众演员，偶尔人数不够自己也要冲上去当个路人甲路人乙。偶尔赚到一点小钱还要拐弯抹角去胡同里的发廊寻求慰藉，年轻但是外形粗糙的外来妹动作粗野，切记，不是狂野，那是真粗野。粗野就粗野吧，于是他们的冲锋像无头的苍蝇一样在一个放眼望不到边的麦田里放射性延续，一切皆不重要，只要有生命力。

改变老大命运的，是一个对影像一无所知的国产手机厂商。投资商找到剧组的导演，导演觉得这点小钱不足以让自己改变他的拍片周期，于是就在剧组里问了一下谁是导演出身的，替自己接这个活，当然署名和收益都是要归导演的。老大自告奋勇，导演也觉得这个木头在眼前可有可无，直接派去了。手机厂商花巨资请来了一个香港巨星，巨星和老大的合作相当愉快，甚至巨星在广告已经杀青的时候还认为老大就是那个全国人民都极其热爱的导演。老大自我介绍，巨星十分震撼，留下深刻印象。样片出炉，巨星和手机厂商都特别满意，临走之前，巨星留下了老大的联系方式。

几个月后，巨星来北京投资开设影视公司的时候，老大成了首席导演。

改变刘小强命运的人，不用说了吧。

这个公司的名字，就是光迅传媒。

于是我们现在回到这个小说的框架里来：刘小强参加阳春面的婚礼——没名来北京——没名二进京——刘小强回忆他的往昔——没名寻找过去的自己——刘小强一步步走到今天。

那没名呢？我们似乎才发现这个姑娘仅仅是在回忆中出现，逃出我们的视线很久了。于是我们现在重新回到没名这条线，讲下去。

切诺基已经不能控制住没名的心了，于是他的自责逐渐淡漠，既然70号汽油可以给拖拉机使用，也可以给皮卡使用，那么为什么一切都要用切诺基车主的油卡呢？

切诺基退掉了长期给没名订好的宾馆套房，没名不在乎，她反止已经住烦了宾馆那冷冰冰的床了。所有的床单都是白色的丝绸，所有的被子都带着淡淡的消毒水味道，那种有点水果味的消毒水味道。每天晚上都是新鲜的干净被窝，没有人的味道。只有人的冲动，人的欲望，还有欲望之后的小心翼翼以及怯懦和自私。没名决定离开，于是她四处游荡、四海为家，来到了北京，于是她遇到了刘小强，于是她发现自己突然需要有一个准备的时间来迎接刘小强唤醒的人生梦想，于是她第二次来到北京，她开始了她的创业。

单田芳的口头禅：这就是以往的经过。

29

该交代的都交代完了吧？该理清楚的也都理清楚了。

刘小强参加完了阳春面的婚礼，公司里就接了一个演唱会的单子，刘小强匆匆别了死党，赶紧开车往回杀。老大的思路是作为一个刚开张的传媒公司，拍电视剧固然是拓展影响力最有效果的项目，但是中国的电视剧就跟韭菜似的，一年出好几茬，所以自己暂时不想掺和。最火爆的时候，一年出品一万二千多集电视剧，那是个什么概念？一集就算半小时，六千个小时，一年三百六十五天，一天二十四小时，一年才八千多个小时，这一年甭算广告，不许重播，不许新闻联播，不能整点新闻，才能将就着播完。当然这是不可能的，五百多部电视剧有百分之九十是要被淘汰的，被淘汰的电视剧要么就是投资人没能力，要么就是公关没到位，要么就是本子太滥俗，拍出来特粗糙。写个文章被退稿大不了一晚上的工作白干了，拍个电视剧收不回成本，那就是上千万的损失。为什么你看中国的电视剧，有点什么炸点，全都是鸦片战争时期的填药量，哪还是什么炮啊。出点大场景基本上全是数字特效，而且冲锋了十几次了，前排那几个战士都是同一张脸，就是因为缺钱。老大觉得不能拿本来就不是很多的资金去玩这么有风险的事，于是公司最主要的任务就是开发新艺人，接点港台明星演唱会的演出，代理一个走穴晚会的节目，承接一个电视台的脱口秀节目转卖给各个地方台，看起来几万块到几十万的收益不大，可是连续不断的进账让老大和光迅传媒成长迅速。宣武区的居民楼办公室不要了，金宝街写字楼挑上一个紫禁城全景写字间，老大给刘小强安排了一个可以瞭望整个东单所有四合院的南向办公室，青藤的编椅，棱角回勾的檀木桌，老大认为编剧的办公室就一定要古色古香。员工休闲区恒温恒湿的中央空调设备，英国全银餐具，镀金烛台，老大特意订购了一个瑞典蓝白格子木床，五十五层纺织品垫着，人躺上去就跟进了温柔乡似的。刘小强躺上去，立刻骨头都软了，问道：这床得好几千吧？

老大：和你那个二手日产一个价钱。

老大是从最底层一步步走出来的，他没有学院派导演系出身的娃娃兵们特有的愤青相和市侩脸。有用的人点头哈腰，没用的人一脚踢开，这种事老大永远不会做。他提携刘小强，一点都没忘了两个难兄难弟如何在地下室里天天吃着挂面吃橄榄菜的日子。但是他也知道，再也不能像以前一样随便穿着五道口的衣服出去见人了。以前刘小强觉得成功人士真好，现在他觉得什么是成功人士都说不好了。

那什么是成功人士？

成功人士整体上说，年薪二十万左右的，都凑合算了。

那成功人士每天怎么花销？

成功人士早上要喝印度的茶、爱尔兰的蛋、法国的鹅肝、日本的饭。

你个冒牌的！

刘小强以前一直认为成功人士年薪二十万，一个月两万，一天就是六百多，早上一顿大吉岭早茶，中午一顿金钱豹海鲜，晚上一顿丰泽园大菜，人生足矣。当然这是刘小强困窘的时候对生活的幻想，可当他真的达到这个高度的时候，他还是开着他的二手日产，租着天坛东里的老式居民楼，即使他也向往过东直门月租八千的高级公寓，可等到真要落实在行动上的时候，他还是舍不得。他永远记着安小如离开自己时候那个失望的表情，每当躺在床上闭目养神时他就开始回忆那张脸，作为男人的刘小强痛苦万分。他早就想不起来陆小小是谁了，那是男孩子的回忆。但是作为男人，他的确没能及格。

老大告诉刘小强，尽量买几件阿玛尼的衣服穿穿。

刘小强：我觉得班尼路的衣服挺好啊，和阿玛尼这么像。

原来老大的话是有道理的，没过几天刘小强就露怯了。一个演员的公子明显贵族子弟作风，刘小强招待的时候，上来就问：你这穿的什么牌子？

刘小强：班尼路，刘德华代言那个，广告天天上啊。

公子哥眼睛一瞥，很认真地整理好了自己的表情，停顿了一下说：班尼路那算是牌子吗？一个品牌天天想着的不是如何拓展自己的设计团队，而是抄袭别的设计师设计。你们中国人，就是没有原创精神，连人家设计师的作品都不尊重，还谈何尊重知识和文化呢？

刘小强：哎，您等等，您说你们中国人，您哪的啊？

公子哥：家父早年改国籍芬兰了。

刘小强早就听不下去了，说白了要不是你爸求着公司的投资老板让老大给你安排个角色，老子还没心思接待呢。

刘小强扭头跟老大故意声音不大不小地说：杂交水稻回垅了，还有点嫌水生。

公子哥听了这话，多大的气，也得忍着。

河东河西三十年，支棱着耳朵等着被人叫爷的，已经是老大和刘小强他们了。

30

白天干活，晚上回家也不得空闲。没名和刘小强合租了一个二居，这丫头说什么也不愿意同居。

刘小强：这左右厢房的，夜里偷个鸡，摸个狗也太麻烦了，要不我卷了铺盖卷，搬您那？

没名：爷，奴家可是给爷您留空间呢。爷您要是遇到可心儿的姑娘了，拉回来过夜，我在这当横，多扫了您的兴啊。

刘小强：呦嗬，没见过你这么想得开的啊，爷明儿就带一个回来，西厢房里听声去吧。

没名：好啊，您带我也带啊，双喜临门。

刘小强白天精力还没怎么耗完，没心思斗嘴，却有心思想入非非。他还是很想闯进没名的闺房，乞求着没名开恩放闸：长夜漫漫，孤枕难眠，求姑娘开恩，以尽鱼水之欢。

隔着门，没名笑道：奴家大姨妈昨日探望来了，正在内宅歇息呢，爷还是先回了吧。刘小强听了这话，悲痛欲绝。

一更里呀跃过花墙啊

叫声郎君你莫要发慌啊

站在那廊檐下呀二目细打量啊

借壁邻居来又走那么咳呀咳呀
臊的为奴小脸焦黄啊

二更里呀敲打窗棂
叫声郎君你莫要高声啊
下地开开了门儿啊笑脸儿就把你迎
一把拉住郎君的手那么咳呀咳呀郎君郎君叫了好几声啊

三更里呀我们两个进绣房二人上了牙床啊
解开了香粉袋呀露出了菊花香啊
一朵鲜花被郎采那么咳呀咳呀郎君你说香不香啊

四更里啊才到情人迷呀
叫声郎君你快点休息呀
累坏了你的身体何人他疼爱你啊
鸳鸯绣枕留情意那么咳呀咳呀
你也难舍我也难离啊

五更里啊月儿发了白呀叫声郎君你快点起来
外边地金鸡叫啊窗户都发白呀
一送送到那大门外那么咳呀咳呀问声郎君多暂还能来呀啊

你要是叫我来谁还那不愿意来呀
你们家的墙又高小狗还贼拉厉害
叫了十声九没语呀那么咳呀咳呀
就怕你爹搁那洋炮嗨啊
郎君你说此话呀小奴家不爱听啊
净跟我扯那假虚情啊那天并哪夜呀等你到二三更啊

无极奈何吹灭了灯啊

民间小曲通人情，刘小强就是喜欢在被没名拒绝的时候打开音响听《会情郎》。这时候表达感情就不需要昆曲里那种眉眼动作特别隐晦的艺术了，直白，爷今天想进你的闺房，你不让进，这就是你的错。

没名就在屋子里乐：爷您听这个不是更添堵吗？

刘小强：我乐意。

没名：我们家亲戚真来了。

刘小强气疯了：上周就来了，这周怎么又来了？

没名：常住，她就没走。

31

刘小强的事业从一个编外剧务逐渐成长成老大手底下屈指可数的编剧，他的自信也开始极度膨胀了。他开始目中无人，他开始飞扬跋扈。公司派出的团队去地方台的综艺节目推新人，稍有不满意他也开始张嘴骂人了。

一个年轻的艺人刚刚签约，跟着团队去安徽参加节目增加收视率，刘小强就硬欺负着人家出场费公司拿全单，中间自己扣二十多个点的提成。这些事无伤大雅，反正已经签死了的艺人，老大睁一只眼闭一只眼。

人最怕的是什么？权利。看厕所的人说正打扫卫生就不让你进，你也干着急。有点权利就想发挥到极限，这是谁都趟不过去的坎。

巨星来北京的时候，老大和刘小强都要作陪。巨星盘问了下公司情况，也就没怎么关心，毕竟财务报表和每年交上去的利润说明一切。闲聊几句，一车人直奔三里屯。

灯红酒绿，全世界各地的夜场都是一样的。美酒、姑娘、狂躁的音乐，四处泛滥。刘小强嘻嘻哈哈，无非多看几眼身边的姑娘，此时非彼时，心里忐忑不安是有原因的。如果这时候没名打来电话，自己不接，瞧好吧，半个月自己就甭想见着这姑娘一个影。那接了呢？姑娘话都放那了，您干了什么既然我不管了，那我干了什么您也甭管着了。

刘小强这才恍然大悟，为什么没名说死了要合租。意思就是这房子我也拿钱了，我要带小伙子回来厮混您也管不着不是？眼瞅着老大左拥右抱，刘小强这个着急，他不好意思说理由，说什么？张嘴说老大，我们家没名在家呢，让她知道了不好。别装了，大红门的小胡同你都和我钻了多少回了？

什么叫进了娼门，一辈子的窑姐？这话不光是跟女的说的，男的一样适用。你有过前科了，那你就不是什么好东西了，不用在我们面前表现你如何从良。这时候没名的电话来了，刘小强身心俱疲。

没名：声音怎么这么乱，哪呢？

刘小强：录音棚里录歌呢，一会我给你打回去。

没名：等等，你把电话举过头顶。

刘小强：别闹了，这么多人呢。

没名：还录音棚，姐我玩夜场的时间比躺床上睡觉的时间都长。

刘小强：是，我撒谎了，这在三里屯陪老板呢。

老大这时候听了对话，有点不耐烦了：怎么着啊，是不是又叫你回去拆房子去啊？

没名：行，你陪你的老板，那晚上回不回来随意吧，现在是晚上九点，三里屯打车到家一个小时。一个小时以后，姐要见不着人，我就自己出去玩去了。

夜场里声音嘈杂，刘小强贴着耳朵跟老大好半天的解释，老大才放行。一帮人笑着目送刘小强离开。等刘小强一路狂奔赶回家的时候，正好五十分钟，没名正在梳妆台上打扮呢。

没名：爷，你回来啦？我这正准备出门呢。

刘小强：啊，回来了。

没名：既然爷回来了，我也就不出去了。你这花花草草的，没拈一枝回来啊？

刘小强：没，都不怎么样。

没名：去的哪家啊？哪个姑娘领班啊？

刘小强：随便逛逛，哪家也没抄上。

一问一答，刘小强竟然在这种博弈似的对白中感受到奇特的温暖了。

以色列王的女儿莎乐美公主曾经喜欢上了先知约翰，她要亲吻约翰得到他的爱。约翰却唐僧进了女儿国一样闭目养神。莎乐美一口一个御弟哥哥，换不来约翰无意的一瞥。于是她用舞蹈换来了以色列王的誓言，满足她的所有欲望。曼妙的身躯、精致的脸庞、无瑕的肌肤征服了所有人，她说：我要约翰的头颅。

士兵们献上了约翰的头颅，因为他没带东土大唐的过关通牒以及孙悟空。

莎乐美满意地看着托盘上约翰的头颅，深情一吻。

莎乐美：你为什么不爱我，爱情远比死亡更神秘。

同样的故事引用到东方，电影《双食记》里那个原配夫人故意大度地教着小三如何烹饪，小三傻到满怀感激。于是可怜的男主角吃着小三和原配夫人的美食，哪知这食物早被设计得生生相克、内藏剧毒。原配夫人推着已经中毒呆傻坐在轮椅上的丈夫微笑着漫步离开。

刘小强脑海里这些镜头无数次闪现，他突然觉得没名已经不是那么简单了。这种恐惧瞬间爆发，他冷眼瞧着没名，这个试图禁锢自己的姑娘在用另一种手段让自己感受到温暖。如果这种温暖刘小强置若罔闻，会不会？

32

刘小强瞒着没名和舒拉好上了，一连几天两个人就是在宾馆里缠绵。老大对刘小强最近的言行门儿清。这孙子看来是又喜欢上年轻姑娘了，可是老大心里也担心，他这个人属于对自己要求很低，对周围同志要求很高的那种人。说自己一直都在社会主义初级阶段，可是对刘小强他就总要打着高尚的旗号教育之。

老大：再这么玩下去，你可就什么都没有了，安小如不搭理你嫁人了，好，那时候你还年轻，不懂爱情。没名再伤了心，年轻的姑娘年年有，你都能照顾到？

刘小强：问题是她就没上心。

老大：你怎么知道人家没上心？这样的姑娘就是活活一个死鸭子性格，嘴硬，你得撬。

刘小强：怎么撬？我这都撒开了说了，人家没反应啊。

老大：问她，什么时候结婚？

刘小强笑了：老大，我还没想着结婚呢，那是一多神圣的事啊，这可不比高考填志愿、应聘发简历等 Offer。几百个大学几百个公司都可以给你回复，日子还长着呢。结了婚，太不自由了，想想都怕，硬生生把两个人绑一起是不是也太勉强了。

老大：你这个人啊，就是不成熟，挺大的人了，你就不能定性？

刘小强：您跟我比什么我都服，就这比年龄不服。您今年三十有六了吧，按老理儿，儿子都该立了六年了吧，影儿呢？

老大：你别跟我比，我已经把自个儿献给影视艺术了。

刘小强：不比，我这不还没到三十呢嘛，先凑合着，着什么急啊。

刘小强说这话，其实他心里也明白。心里想的是没名，可是这放出去的鸽子知道自己回家，放出去的小马可就再也不想回圈里吃草了。讲那么多道理无非就是回归家庭，安身立命，刘小强这么聪明的人不是没想过。可是让他安静下来说，没名以后你就是这个家的女主人了，家里的大小事你做主，爷我出去玩命赚钱，晚上六点到家，早上八点出门，旁的应酬能躲就躲，姑娘一个不待见。这话他已经说不出来了。

爱情是爱情，可真要变成实践，他就得犹豫。

老大：你就是幸福来得太快了，你要是跟我一样，地下室里住个十几年，北京横店两地跑，天南海北的没一个安定的家，没一个实实在在的女人在左右，来来往往的都是今儿爷，明天抹脸不认人的主儿。见天儿自己数兜里的钱，对着眼都瞅熟络了就是舍不得花。那日子你过得太短了，现在天上地下一夜飞黄腾达，鸡犬升天，都忘了自己个儿打哪来，醋从哪酸，盐从哪咸了。

刘小强沉默了，他听懂了老大的话，他的确想改，可是他一接着舒拉的电话就两眼冒光。这个四川姑娘真是漂亮，人前人后也是端庄仪表。刘小强老套路随口问一句：跟爷谈恋爱吧。

舒拉：那还不是爷说什么是什么。

刘小强：那爷要是想结婚呢？

舒拉：爷想要收的姑娘不止我一个吧。

刘小强：那爷就真的要收你呢？

舒拉：爷，你还年轻，不用这么想不开吧。

刘小强明白了，他彻底明白了，什么叫死鸭子嘴硬，什么叫傻鹌鹑卖乖了。舒拉怕的是得罪自己，没名怕的是得来一句没用的诺言。刘小强很想和舒拉一刀两断，可舒拉二十岁，自己马上奔三十去了，这就是优势，这也是虚荣。刘小强觉得这个战斗负伤勋章即使不能像战功奖章一样天天带着，那遇着不明白道理的小战士的时候，拉出来挂在胸前那也是一个景儿不是？

他觉得还是将就着混下去好。

男人一思考，女人就发笑。

没名笑了，没名瞧着刘小强落在车里的手机，看着短信笑了。

没名：年轻姑娘没少认识啊？

刘小强：一个大学生，老大的徒弟。

他不心慌，手机短信刘小强是即收即删的，剩下那几个带点戏谑的调侃短信留着是表演不做亏心事，不怕鬼叫门的。什么事都得留点根，别把一切点缀得跟什么都没发生似的，太干净了反而让人起疑。记录一百条通讯记录的手机凭空就剩下四十条了，鬼才信。刘小强就把中间聊得超过一个半小时的一两条删干净了，剩下的让没名猜去。没名也没兴趣管着刘小强，两个人高兴的时候没名逼着刘小强给以前的相好打电话撩拨，刘小强知道这事不厚道，也只能照做。

还能怎么样？当着没名的面和人家姑娘说我想你了云云，然后扭过头还要看没名脸色。

她就在那笑。

刘小强觉得这种迁就有点变态了，自己按着自己思路过了二十多年了，凭什么你来了我就得处处可你的心思？可没名没要求什么啊，她也没说捆着你，她也没说要和你相伴到老，她也没说要和你做最浪漫的事啊？刘小强迷糊了。他也不是没问过没名。

刘小强：咱有缘分结婚没有？

没名：爷，奴家二十七结婚。

刘小强：和谁？

没名：没想好呢。

刘小强：常务委员定出来了吧？

没名：嗯，算上候补委员有八九个吧。

嘴硬，她要不是女的刘小强早把她牙打掉了。

可是今天没名又笑了，她看着刘小强的手机，听了刘小强的回答，拿出刘小强的信用卡清单：爷，奴家也该隐退了，您这是顽主的性格，我尝试改过，改不了。我主意定了，明天飞上海，北京的工作我辞了。

刘小强惊了，他不敢相信自己的耳朵：我和她真没什么，你想多了。

没名：你和她有什么和我没关系，我就是不想看到你撒谎，还是跟我撒谎，信用卡上这么多如家酒店的开房记录，爷您也别把自己累坏了。你的身子不属于你自己，属于所有肇事司机。

没名的表情还是微笑着，她从来就没有生气过，她还是笑着打开车门，拦下一辆出租车，任凭刘小强怎么喊，一个头也不回。

刘小强没跟着，他觉得这事自己挺冤的。以前我怎么闹的时候你不也没言语不是，凭什么这次就这么冲动？他不知道，讲故事是讲故事，讲完了故事说了一嘴海誓山盟您还接茬继续演故事，不一定哪天我也成你故事里的主人公了，这谁也受不了。

刘小强回到家的时候，没名的房门大开。家用设备一点没动，衣服全没了。桌子上给刘小强留了一个便笺：

爷，您接着您的成长。奴家这就远行了，北京气候不好，容不下我这个金丝雀。爷您日后风花雪月，少给姑娘们说什么海誓山盟，姑娘们年轻不懂事，经不起您这么认真的表演。

勿念，祝安。

刘小强拿着便笺，还在笑着坚持，然后半天嘴里喃喃一句：死丫头。

便笺揉成一团。

一段故事，到此终结。

33

刘小强并没有觉得这是五雷轰顶的打击，这差远了。这和陆小小的冷漠、安小如的默然离去比起来，简直就是小儿科。

刘小强想：爷说过爷喜欢你吗？爷说过爱你一辈子吗？爷现在还缺女人吗？爷需要一个有了那么多次前科的姑娘在这尸位素餐，也不和爷谈论终身大事，吊着嗓子跟爷摆谱的吗？

刘小强只有这么宽慰自己，他也不好在老大面前歇斯底里，闹什么劲？

老大说：让你作死，多好的姑娘让你气跑了。人家舒拉到最后会和你在一起吗？等她明白过来咱们公司到底是做什么的，她明白你什么也给不了她的时候，她不也得狠狠骂你一句混蛋就跑？动画片导演也想玩潜规则？做梦去吧。

刘小强开始明白过味儿来了，夜里自己躺在天坛东里这个老旧的居民楼顶楼房间卧室的床上，刘小强借着月光回味这南城的北京之夜。小区中偶尔还有推着小车走街叫卖豆汁的小贩，那分不清楚是河北还是过于地道的北京口音叫卖声，长吁一气：豆汁。酸臭浑浊的豆汁，滚热地出锅，就着焦圈、咸菜，小口呷。刘小强想到了和没名一起在护国寺喝的那碗。他笑着勾搭着没名点了豆汁，又要求她不许浪费一口气喝完。没名痛苦地喝下一口，又痛苦地看了看奸笑着的刘小强，刘小强丝毫不理会，努努嘴示意她继续喝。那些日子是甜美的，刘小强捂着耳朵不听窗外的叫卖声，他不想回忆了。

什么叫多情总被无情恼？刘小强就这么宽慰自己。他觉得没名根本就没心思跟自己在那耗，过了卡通了关，机器重启，游戏机就是自己跟自己在那找别扭，说白了人家未必上心。

可是刘小强明显觉得自己在被自己的歪理说服。

他拨打了没名的手机，半天没人接。刘小强心想：丫头你这是跟我怄气呢吧，至于吗？我们俩又没什么誓言，说白了也就是两小无猜进而喜结秦晋之好。什么叫秦晋之好？不就是两个相互瞅着都不顺眼的国家突然之间两个青年有了一夜情，进而两个国家相互之间有了感情了嘛。可是我和没名之间有了感情了吗？

刘小强扪心自问，他突然觉得有了，可是没名呢？

这时候没名正在静安寺旁边的公寓里打理家当。她已经离开北京一个多月了，上海的湿气开始让她不适应。没名一直说服自己，来上海绝对不是因为对刘小强失望，这个人和我有什么关系？好吧，我们一度很亲密，这个我承认。可是没名又想：我真的爱他吗？如果我强迫自己爱他，我们会有结果吗？我们的结果是什么？我们的结果就是两个人相互妥协，过上了两个人都不满意的生活？刘小强为了我夹着尾巴做人，我为了刘小强当起了贤妻良母？

夜场里寻欢作乐绝对不是没名向往的生活，但是她也绝对不想困兽一样进入家庭的牢笼。好吧，没名知道刘小强说过自己不成熟，天天想着逃离，她不就跟自己父亲一样太害怕责任和枷锁了吗？没名觉得自己还没老，她还是喜欢那个游戏，那个和刘小强玩的一样的游戏。所有的男人都把我捧在手心，悉心呵护的游戏。刘小强不也是天天追在姑娘屁股后头夸这夸那？他是个游戏人生的人，至少他现在是这样的人。我为什么要陪着他，难道我就不会成为他成熟之前的教材，享受胜利果实的说不定就是我后面哪位年轻的姑娘。

没名打开了卧室的窗户，门前小路上梧桐树光秃秃地等待着春天的勃发，马路上湿漉漉的刚下过一场冬雨，上海的冬天太难熬了，这一切让没名觉得身在他乡为异客的孤单。在北京的时候还可以和刘小强斗嘴撒娇，可是到了这个陌生的城市，她开始觉得突然落寞。这个两层小楼的木地板咯吱作响，房东大娘操着一口上海话在楼下吆喝着丈夫赶紧做好菜上桌。没名饿了，她闻到了楼下厨房的香味，她想到了刘小强做的本帮菜。这种清淡上海菜特有的焗出来的香味，让没名想象着勾芡出来的模样。刘小强带着围裙在厨房奋战，自己怕油烟呛了嗓子躲在一旁，那情景浮现眼前，却永没那日子了。

如果这场景变成了电影，全景镜头里刘小强打开窗户迎接寒冬里的月光，另一个世界里的没名在上海静安寺老街道的小楼里孤独地瞭望。

傻了吧，两个人都傻了吧。什么叫天与之而不取，天必责之？这不就是诸葛亮敲着桌案数落着当年装清高的刘备。

诸葛亮：当年让你取荆州，不取，今天让曹操占了。

刘备：那么干太丢份。

死要面子活受罪，两个都装作根本没有感情困惑的年轻人终于认清了自己的过失。

刘小强：我怎么就没能留住没名呢？也许是我太不把这当爱情了，可是我们真的有爱情吗？

没名：我怎么就一赌气就走了呢？难道我还不知道刘小强这孙子是什么秉性？如果我真的在一开始的时候就和他很严肃地摊牌，他还会这样对我吗？

可这话，谁也不能当着面说出来。

什么叫若即若离？什么叫暧昧叫人受尽委屈？

自己最清楚。

刘小强再一次拨没名的号码，电话响了一声，没名接了。

刘小强其实最想说的台词就是承认错了，可话到嘴边就成了：怎么样，上海很暖和吧?

刘小强比没名还清楚上海的冬天是什么样子，这个城市的冬天房间里面比外面还冷。很多老上海人动不动就说一句：阿拉上外面去暖和一下哈。

没名乐了，她习惯了刘小强的调侃，她也想一下子哭出来表达一下自己被刘小强伤害到然后又奚落的委屈，可是话到嘴边：还可以吧，你的那个小相好是不是也在旁边听着电话呢?

刘小强愣了，没名这话显然是觉得自己这电话多余，没名甚至认为自己在和新的女友一起奚落她，走走当年和没名玩的老路，然后他轻轻回了一句：就在旁边啊，欣赏我的多情你的无奈呢。

没名挂了。

这就是两个人孤独的冬夜里相互调侃的结果，谁都不认输。

《十字街头》里，老赵和杨芝瑛合租的房间，两个生活在同一个世界里的人享受着不同的空间。那爱情来得多么弥足珍贵啊！刘小强在公司会议室的大屏幕前欣赏着沈西苓的大作。几十年前的作品经得住几十年的记忆，早上睡觉晚上工作的老赵永远也遇不到早上工作晚上睡觉的杨芝瑛。两个人交错的空间永远在路边相遇不相识。

刘小强想到了没名在的日子，他默默流下眼泪。

千里之外，没名呢?

34

没名强迫自己忘了刘小强，长这么大，遇到各色人等，唯一敢对自己承诺的，恐怕也只有刘小强一个了。可是她不知道刘小强那是初生牛犊不怕虎，他是根本没细考虑所有因果关系，随口说出来图一个心直口快的爽快。

不过没名错了，这次刘小强是认真的。这次不同以往，不同于大学里两个人插科打诨，落花有意流水无情不知道愁的年月过去了，现在无论是落花还是流水，逮着一个就不撒手。落花终归回到泥土，流水一定奔流到大海，两个人都知道未来的方向了，所以必须要趁着有限的时间各自找各自的搭档。

刘小强顿时再次进入了消沉期。老大很无奈，在刘小强的强烈要求下把公关任务交给了他。这个任务刘小强以前就十分向往，只不过老大碍于公司形象，不敢让刘小强接触这个关系层。广东来了一个公司的团队考察，想把光迅传媒的节目转到广东的地方台播出，寻求合作机会。刘小强带着一干人等先混了趟三里屯，西餐小饮聊开了，大家的本性都露出来了，广东佬上来一句：哪里可以玩得开心点？

得令了，刘小强二话没说，唐汇那是有钱人去的地方，姑娘多是钓人的，刘小强一来不舍得花钱被钓，而来他也觉得唐汇的姑娘心理年龄偏老。于是一伙人三台车杀到雍和宫的糖果酒吧，一干人等杀进去，洋酒、鸡尾酒摆开了，年轻的姑娘自己就冲上来。广东佬当时就十分亢奋，叽叽喳喳开始左右召唤。老大一直提醒刘小强少喝点，可他也知道没名刚走不久，刘小强现在心里郁闷着呢。酒也不是什么好酒，普通的马蒂尼，毕竟招待一下而已，没必要开个一两千的酒摆阔。大家都为了参与进这个氛围，只要闷骚的味道出来了，什么酒都敢喝。

第二天一早，刘小强不省人事十三个小时后终于醒来了。这是在老大家里，他依稀记着自己喝得烂醉的时候还要开车，结果刚坐到驾驶室就让老大一脚踢到副驾驶位置上去了。老大自己也喝高了，但是嘴里还念念有词：你瞧你喝那怂样，还开车，你会开吗？别他妈让交警给盯上了，老子开。

广东佬的随从还是很清醒的，他知道这两位爷任何一位开起来这车，估计咱们这一车人就都掉二环桥底下了，于是一把把老大拉到一边。老人还在执拗，那哥们也是气，直接抱起来扔后备箱里了。

这些记忆刘小强还记得，但是刘小强怎么也想不起来自己身边躺着这两个姑娘是怎么回事了。两个姑娘大字型躺在床上，十六七岁的样子，一身酒味，身上的衣服就剩一件了。刘小强很惊讶，看了看自己裤腰带：不是我啊，我没碰啊。

这时候两个姑娘也醒了，突然发现自己上身赤裸，一点也不惊讶，两个人笑了半天。

刘小强很紧张：说好了啊，我喝得烂醉，不过你们衣服不是我脱的，我也没怎么你们。

两个姑娘笑了半天：知道，别紧张。

刘小强以为是老大叫来的人，出了卧室去主卧找老大，几个人这时候都差不多醒了，听刘小强说：卧室里有两个姑娘，谁的朋友谁照顾好啊，这脱成这样，幸亏没哭没闹，要不像什么话。

大家伙都傻了，老大矢口否认这两个姑娘是自己带回来的，尤其说明不是为了填补刘小强的感情空白带回来的。这时候两个姑娘穿上衣服走到客厅，连广东佬在内的所有人都眼睛一亮：果然是两个美女。

结果两个姑娘也很惊讶：你们是谁？

刘小强和老大都愣了：我们还想知道你们是谁呢。

广东佬的随从这时候站出来说：昨天晚上看你们聊得很开，以为你们是朋友呢，见她们喝多了，我就都给抱回来了。

两个姑娘顿时笑逐颜开，庆幸自己没遇着拐卖团伙。的确，遇着流氓团伙不可怕，说不准还能说两句暗语找着失散多年的表弟，这帮姑娘就没什么怕的。事实弄清楚了，这才和素不相识的一帮爷们一一握手：真不好意思，添麻烦了，多谢多谢，晚上见。

刘小强等姑娘们走了，苦笑着说：这都是一帮什么动物？还来一句晚上见。夜间活动，做人做到这么大同的境界，随便跟个男的就回家，衣服脱下来就跟这东西放身上纯粹就是累赘似的，怎一个狠字了得。

老大：晚上见——这句话画龙点睛啊。意思就是瞧咱们爷们还算上眼，今儿晚上要和咱再续前缘。渡江战役的时候毛主席说过，阶级斗争到了一定阶段，就不是我们追着打让敌人投降了，一部分敌人会自己送上门来。你要不要？你要不要为兄我可就要一龙双凤戏九天了啊。哎，我这身上怎么一股汽油味儿啊？你闻闻。

刘小强：闻什么闻，昨天人家林总的助手给你扔后备箱里了。

这时候老大明白过味儿来了，他突然想起来昨天自己好像是被人从后备箱里抱出来的，自己身上一身的汽油味让老大看着广东佬的随从十分不爽。不过碍于广东佬的面子，要不是看在他能给我们带来十几个电视台的转播授权，老大早就上去踢人了。

广东佬在北京那几天，孔庙、雍和宫、法华寺这几个地方挨个去拜，而且特别虔诚，到一个地方，香火都是动辄几千地买。刘小强陪着，觉得广东佬这么干实在无聊，但又不能说出来，脸上赔着笑，却不胜其烦。

广东佬：年轻人不能理解，成家之后啊，孩子是第一位的。我这拜孔庙，就是祈祷我大儿子留学事成；拜雍和宫，就是祈祷我二儿子婚姻幸福；法华寺是祈祷我三儿子身体健康。这些神人都是各司其职，就得心诚则灵，精诚所至，金石为开。

刘小强：等等，您有三个孩子?

广东佬：是啊，怎么了?

刘小强：真不容易，那还有精力做事吗？这么多孩子。

广东佬：想想也后悔，我们那里总下雨，下雨就没地方可去，于是就生了这么多孩子，生下来又不能塞回去。

刘小强乐了，他发现北京少雨也是有主观原因的。

35

广东佬是幸福的，中年男人家庭美满，事业平稳。刘小强从心里开始羡慕。

广东佬：这就是围城嘛，年轻人，不用羡慕，我还羡慕你嘛。

这话是安慰，幸福就是幸福，我们每天玩命工作为的是什么？不就是和广东佬一样有自己的家庭，孩子生活快乐，夫妻二人感情稳定？

刘小强彻底失去了没名，他和没名之间已经有两个多月没联系了。睡觉的时候想到没名，吃饭的时候想到没名。他太后悔带着没名全北京玩了，闹得现在走哪哪都有记忆。三里屯有没名在夜宴耍活宝的记忆，鼓楼有没名散步的记忆，铁狮子胡同有没名喝豆汁的记忆，南锣鼓巷有没名吃奶昔的记忆，五道口有没名走着走着累得不行耍赖让刘小强背着的记忆。爱一个人继而产生了很多记忆，想起来的时候要么是哭要么是笑，要么装作什么都没发生过。但是刘小强这种情况他茫然了，他不知道自己该用什么情绪表达自己的感情。

老大看到刘小强这样，心灵鸡汤及时端上：夫妻本是同林鸟，天涯何处无芳草？

刘小强知道老大也被伤过，这个三十四岁男人的故事在圈内已经成为神话。夜店里认识的姑娘，咿咿呀呀卧室里叫了半天，一帮人在隔壁听得真真的。哪成想半天安静下来后，只听得老大极其严肃地说了一句：对不起，我有女朋友。那声音仿佛依托盆骨，气走丹田，畜生的音调却借着满腔的热忱，文风傲骨，一点也不丢份儿的架势。那姑娘的心理承受能力再好，也得崩溃了。

酒醉后刘小强拉着老大的手：我想找到没名，我想找到初恋的感觉。

老大：初恋的感觉，嗯，这你得加蛊。

文化人不是天生的流氓，流氓的是他把别人的梦想用最现实的话揭露得十分露骨。二十几岁奔三十，找个纯真的感觉都得加蛊了，活下去还有什么意义？糖果酒吧里遇到的那两位醉女孩和老大打得火热，两个姑娘也开始参加刘小强和老大之间的小聚会了，遇到刘小强的困苦，自然也要冲上来抚慰。

甲：大哥，初恋伤人心，何苦总回忆？

乙：大哥，今宵有酒喝，换来明早醉。

甲：大哥，多情总被无情扰，劝君莫洒伤心泪。

乙：大哥，伤心处也不轻弹，过去谁没有心碎？

甲：大哥，别总想着爱情了，趁早把精力放在工作上，男人有事业才有魅力。

乙：大哥，也别太玩命，到最后为了事业拿前列腺去换。

甲：大哥，前列腺是个好东西，可麻烦在出了问题不好治。

乙：大哥，说是不好治其实也好治，我认识个大夫一针下去保管好。

刘小强哭笑不得：那大夫电话多少？

没名走后这半年多时间，刘小强心神不宁。本来他的任务就是整合一下节目制作方的电视脚本，然后编排出来节目大纲，控制好时间。说是编剧的职务，实际上就是个监制的任务。外围的活儿摆弄好，主持人前台表演，嘉宾配合，后台老大盯着。可是现在他连这个心思都没有了，跟组的活不干，公司新拓展的情景剧他也不掺和。老大拿他很无奈：你要再这么下去，公司可怎么管理？不能因为你一个人，坏了规矩。心里有事可以藏着，天天苦着脸找人倒苦水，谁也不是你命中注定的垃圾桶。赶紧振作，要不谁也帮不了你。

刘小强：我想去上海找没名。

老大：那你就去找。

刘小强：怕她不原谅我。

老大：那就先打个电话。

刘小强：不打。

老大：为什么？

刘小强：我不能认输。

老大没话了，憋了半晌，老大说：你去雍和宫拜拜吧，我认识个居士，我的老师，让他开解开解你。不过，我这老师道行太深，一般人不能理解，去了别不懂装懂，更不能大惊小怪，一切听老师的话，细心学习。

刘小强去了，他按着老大的指示一步步走到了命运注定他要去的地方。四合院大门紧闭，国子监成贤街里幽静的所在，大槐树在院子里，绿茵延伸到院子外。门上大书：紫气东来。唤了几声，开门的女人戴着一副花镜，却是四十岁左右的外貌，说明了来意，好在老大已经打过招呼，于是跟着她一路向里走。绕过影壁，进了院子，石板铺路。左厢房里，几个老太太还在玩着乒乓球。右厢房里，十几个老头围着一盘棋纠结。刘小强跟着进了正房。只见里面一位老者，身穿白大褂，头上挂着一个口镜。房间正中一个妇科检查椅，老者端正坐在椅子上，手里拿着一本《金瓶梅》，背后一幅雄鸡啄雌颈古画，案几上七七八八摆着《灯草和尚》《瘸婆子传》等线装蓝皮的明清年代的古书，斜着眼睛瞥了一眼刘小强。

人间仙境莫过于此。

老者：你是我那大弟子介绍过来参法的？

刘小强：我是老大介绍过来看牙的。

你穿个白大褂带个口镜，一身牙医打扮，装什么大师？

老花镜中年妇女喝道：不得无礼。

刘小强：您这古画、摆设、书，瞧着可够骚的啊？

老花镜又要发怒，被老者一个眼神按下了，随后极其谦卑地阖上门离开。老者见老花镜离开，半晌说了一句：我这腿，多年前打仗的时候受过伤，回血不好，脚要经常抬高，才买了这张妇科检查椅。

刘小强：行，那您这画呢？一公鸡咬着母鸡脖子，怕是要交颈了。

老者：此乃清代无名氏所做。小儿你只知道唐伯虎为了画好《十美图》，装着侍童头盔大家闺秀，却不知这无名氏为了画好这两只鸡，运筹帷幄了多久。这鸡冠、翅膀，细微处的下笔，哪一笔不是经典？

刘小强心想：我再问他《金瓶梅》，他肯定得说治国易，齐家难。看这书外可以通人情，内可以达事理。高尚的人永远有高尚的理由。

刘小强：那您是怎么帮我排解呢？

老者：张开嘴，我看牙。

刘小强：我牙没病，老大让我来参法的。

老者：我参法，一切都是从牙开始。

混沌初开，余华转世。

36

刘小强张开嘴，老者上前，左手鸭嘴钳，右手小镊子，牙科医生一身妇科装备，小镊子支在牙槽，老者检查了半天，放下镊子，连连摇头。

刘小强：口腔癌？

老者：你的话太密了。

刘小强肯定对这种形式的算命极其不屑，本来已经准备好了抽签算卦看面相，结果到头来遇到了一个口腔医生，手里还全都是妇科器械，二杆子的水平一目了然。

老者：心里念叨一个人呢吧？

刘小强：为情所困。

老者：人家离你而去了吧？

刘小强：老大告诉你的。

老者：人家心里还想着你吧？

刘小强：都想着我呢，照顾不到。

老者：十几年的老朋友一下子越界了吧？

刘小强：这也是老大告诉你的。

老者：那陆小小老大知道吗？

刘小强傻了，他和安小如的故事老大是一路左右跟着的，他跟没名的感情老大是一路看着的，唯独就没告诉过老大陆小小那段故事。这老头是怎么知道的？

老者：你门牙外白里黑，相思烟抽了多少根自己都忘了吧。虎牙坚硬却牙龈红肿，老夫算来，也是急火上身，转而忧郁苦闷。槽牙里故事最多，三次动心你这槽牙都告诉我了。一般人爱个一两次基本上这辈子就过去了。你这爱了三次，只见那槽牙本应该是棱角分明，却已经残损不堪。

刘小强：您是怎么知道陆小小的？

老者：喉结不听话，我一问它就招了。

刘小强惊了，立刻下拜，一连膝盖蹭了好几米，上前哭诉：神仙，救我！

老者笑了，半天没言语，闭目养神。最后实在经不起刘小强的纠缠，问了一句：是不是想回到初恋？

刘小强：累了，实在想找到那感觉，不谙世事，单纯的感情一去不回。

老者：如果这一切都重新来过，你会怎么做？

刘小强：我会保护没名，我会珍惜生活。

老者：刘小强，你确信这个世界是佛祖所设，愿意回到往昔为没名保驾护航吗？

刘小强：我愿意。

老者：刘小强，佛祖让你这辈子生活在世上，你要以男人的勇敢和胸襟照顾没名，回到往昔，重新开始你的青春期吗？

刘小强：我愿意。

老者：刘小强，你愿意放弃自私的欲念，回归到过去，不对陆小小有任何觊觎，不用感情伤害任何人，不会走进安小如的世界，只拥有你所倾慕的没名，为之奋斗，永不后悔吗？

刘小强想了想，犹豫了几秒：我愿意。

老者：来来来，我给你指条阳关道。可知道穿越这事？

刘小强：无线电视台组合跟郭靖学了降龙十八掌，然后和西门吹雪在紫禁城大殿上打赢了。

老者笑了笑：那个贺岁片我也看过。既然你不后悔，那我就带你穿越，拿着这个，走出门去，你就能回到你的世界里去了。

刘小强接过东西，仔细一看：2001 年的杰士邦。

他很困惑，刚要觉得无聊离开，老者拦住：五十块钱，结完账再走。

刘小强：您给我检查了半天，没一句正经，最后给了一个过期的避孕套，你就让我交五十块钱？

老者：这里有我半生的功力在里面，五十块钱你也得让我买几斤肉补补吧？

刘小强：好吧，看在老大面子上，给你了。

刘小强觉得这里太诡异了，他一边走一边回头。老者就坐在正房里那个妇科检查椅上，两腿搭在支架上，朝着他微笑。耳边想起音乐，这时明明听到远处传来凄婉的歌声：

兵荒马乱分离中，折半面铜镜，飘泊经年又重圆。
马嵬坡外夜半时，留三尺白绫，秋风倾城叹宿命。
干涸龟裂池塘中，见鲤鱼一对，相濡以沫求苏醒。
芳草萋萋长亭外，送情人远行，只求化蝶泪两行。
唱着钗头凤，看世间风月几多重，
打碎玉玲珑，相见别离都太匆匆。
红颜霓裳，未央宫中，舞出一点红，
解游园惊梦落鸿断声中繁华一场梦。

一曲唱完，刘小强快步走过影壁，刚出了大门，却突然见着金小蛋在前面吆喝：你能不能快点，哥几个都等你呢。

刘小强觉得很怪异，可他分明看到金小蛋穿着他们高中时代的校服。刘小强傻了，他回头看了看那门，早已经不是四合院里门槛一尺，朱漆铜锁的样子，一幢巨大的建筑，电子门。刘小强向上找着紫气东来的字体，却见着硕大的四个大字：实验中学。

37

刘小强很惊讶，他仔细看了看身上的装备：自由风尚的上衣没了，Select 的牛仔裤没了，热风的皮鞋没了，西铁城的手表没了，诺基亚的手机没了，取而代之的是那套不能再熟悉的校服，脚上穿着回力运动鞋。

刘小强很想抽自己一个嘴巴，叫你嘴快，一口一个我愿意，这下好了吧，所有的过往都要遭二茬罪。小喇叭还在广播，综艺大观还在上演，南方周末还是一块五一份，敬一丹还不敢在两会上对领导有任何尖锐的提问，股市还是低迷在 1000 点，楼盘还是几百块钱一平米，刘小强还穿着回力鞋觉得很自豪，满大街的假阿迪达斯招摇过市。

十年前，这一切都是太遥远了。

刘小强瞧着金小蛋，他十分感动，他轻轻捧起金小蛋的脸，仔细瞧着。他并不是对这张实际上相当稚嫩但是在感官上却已经过分衰老的脸有什么多余的感情，只不过他突然在借用金小蛋这张脸来感慨物是人非。

金小蛋：你没病吧？

刘小强跟着金小蛋回到了教室，刘小强很熟悉，他知道自己的位置属于班级里最后一排。如果这个位置赐给了一个盲人的话，这兄弟只要顺着门摸到垃圾桶，然后围着垃圾桶转一圈，就肯定能找到刘小强的座位。这个位置太熟悉了，刘小强坦然坐在那，他仔细地瞧着那一张张脸：

陆小小在前排，低头学习，油着头。她肯定是头天晚上又学到凌晨早上起来没洗头，这一点刘小强本来已经和她谈了很多次了，对了，这是在高中，这时候刘小强是不能和陆小小说太多话的。这时候刘小强是应该保持着纯洁的心态为了吸引陆小小的注意故意做出很多傻事的。

小银鱼也在前排，他的目光游移，他特意不去看他侧后方的阳春面，他每一个动作仿佛都要给阳春面流出背影。他谈笑风生，他故意装得很自然，刘小强看到这里就想笑，但是他没笑出来。

郑小伟在中间坐着，他发现了刘小强在注视自己，他躲着刘小强的目光，刘小强很高兴：这孙子可能已经发现到我现在在注意他呢，他又在为自己的安全着想了，很好，很好。

陈小南坐在自己旁边，还是双手交叉在胸前，还是一本历史书，一本可以在任何课堂都可以拿出来使用的万能书。

这一次，刘小强体会到自己当年的自卑了，这种自卑根深蒂固，已经在心里埋藏十年了。无论你有多少梦想，无论你有多少姑娘，你装得一切都无所谓，你装得玩世不恭，可是那一切都是因为发现自己很傻以后，自己替自己的年少轻狂解释，把理想和姑娘一起轻拿轻放，掸了掸灰尘，放回原处。仿佛一切都没有发生过，掩饰自己最初的目标。

刘小强冷眼看了看陆小小，既然上天已经让这一切重来一次，那么，我永远都不会犯同样的错误，选择追求你。

可是刘小强马上又傻了，各种习题又发了下来，那么多卷纸刘小强见了就想吐，这些东西都是一辈子的噩梦，当年自己这么安慰自己：挺住，谁这辈子都得有这么一次的。这话听起来像是新婚前母亲安慰女儿，又像是临产前婆婆安慰媳妇。总之目标越来越近，引颈就戮的勇气不是每个人都有的，但是混吃等死的机会是人人都能等来的。

38

好吧，十年前的高考是没有录像的，十年前还没有网吧，十年前刘小强还是靠打街机娱乐的，十年前的生活刘小强已经不习惯了。现在自己要和十年后的自己划清界限，夜店里搭讪那套现在不行了，卡萨诺瓦过上了清教徒的生活，这已经足够让刘小强疯狂了。

刘小强不再像十年前那样，下课以后跟着金小蛋、陈小南一干人等打打闹闹了。与其说他学会了低调，不如说他此行的目标是改变没名，没心思跟你们这帮爷干靠。隔壁班刘小强在窗外留意过了，没名又没来上课。他不相信童话故事，可是眼前这一幕幕真的让自己矛盾。

田小小走了过来，她美丽的笑容让刘小强很惬意。

田小小：穿越回来很满意吗？

刘小强很茫然。

田小小：别介意，你穿越回来这事情，只有我知道。

刘小强：那你是什么人？

田小小：我是来监视你的。佛祖说了，让你回来只是为了让你改变没名，弥补你的遗憾，那也是看在你痴情一场的份上。他老人家可没让你借来个手机，高考的时候又记着当年的高考题，抄着考个北大清华什么的。自己混出个人模狗样，早忘了自己回来是干什么的了。

刘小强：我哪是那样的人。

田小小：以前有过这样的例子，佛祖很不高兴。

刘小强：那我要是不小心改变点什么呢？

田小小：世间因果，反正你好自为知。

刘小强：那我将来怎么穿越回去呢？

田小小：居士是不是给了你一个 2001 年的杰士邦？

刘小强：是啊。

田小小：打开包装袋，用嘴吹出一个大气球，然后跳上气球，飞一个晚上，第二天一早就能到十年以后了。

刘小强：那要是杰士邦坏了呢？

田小小表情不屑：都说了世间因果，弄坏了你就再熬十年呗。

刘小强乐了：我可不熬十年，我就轻轻松松找一个姑娘，过小日子吧。

田小小转而严肃：你要是敢不按着你和居士的誓言行动的话，佛祖会把你打回液体形态，就用你手上的杰士邦装着，扔河里去。这世上，就再也没有刘小强这个人了。

刘小强：我认识你十年了，没想到你如此歹毒。

田小小微笑着离开了，刘小强很苦闷，他觉得课上这些东西是忘了不少，可是一提醒，就跟辅导儿子学习的父亲似的，看着看着书自己就都能弄明白。学习压力没有多少了，刘小强多余的精力放到哪去？十年前没有豆瓣、没有校内网、没有手机，最重要的是手里没有钱。没有钱的日子把妹都成了神话，刘小强早出晚归，学校里度过十几个小时，他的精神极度空虚。

这多好啊，童话故事一样，把所有的遗憾弥补干净。可是童话故事哪里美好？那只不过把一个丑陋的长篇故事变成了一个个美丽的短篇童话。

没名讲过这样一个故事：

一个贫穷的灰姑娘穿上天上掉下来的水晶鞋参加了王子的舞会，两个姐姐削足适履却被揭穿。灰姑娘成为王子的妻子后平淡地生活，最后生下了一个公主。王子娶了另一个邪恶的姑娘，公主被那个邪恶的姑娘赶到了七个小矮人的家，红苹果毒死了公主，又被另一个王子亲吻唤醒。王子娶了公主，生了一个更美丽的小公主。小公主有一天出游，被大雨淋透了，遇到了另一个王子，王子怀疑她的身份，就在床下面放了一个豌豆，上面铺了二十层天鹅绒。第二天一早，小公主说自己被硌得生疼，王子很高兴，只有公主的皮肤才那么娇嫩。可是天长日久，娇嫩的公主也让王子恶心了，谁不会恶心呢？瓷瓶一样摆在你面前，时间长了，再美的爱情故事也都成了累赘了。于是，小公主被抛弃了，她变成了一个美人鱼，美人鱼都是由失望的公主变化而来的。于是，美人鱼的后代里，一个新的小美人鱼公主，在爱情的期待中，望着自己的心上人，变成泡沫。

几个最美丽的童话串在一起，就是一个悲惨世界。

所以，刘小强不再相信任何事情，他只要按着田小小的嘱托，办好自己的事，那么一切就足够了。

39

初恋为什么好？新车走合，市区路上直行都不低于七十迈，难掩兴奋。遇到红灯停车都得压线才过瘾，变绿灯了换了档直接一脚油门踩到底，谁要是起步超过你了都觉得是莫大的耻辱。

这就是初恋。刘小强看到小银鱼和阳春面哑剧一样的表演，他突然感到很多东西早已经在生活中消失又再一次闪回。他想到了阳春面婚礼上小银鱼佯装快乐的痛苦表情，他想到了在车上痛哭流涕的小银鱼，他想到了闹洞房时看着大家快乐逗着新郎新娘游戏自己在那尴尬地附和的小银鱼。

刘小强寻找到了没名，操场上放风时间，刘小强凑过去：丫头，干吗呢？

没名：死小子，没干吗。

刘小强笑了：丫头，你怎么还这么瘦？

没名：死小子，我瘦关你什么事？

刘小强又一次看到那个纯真的没名，头型是姚明的，身材是李宇春的。

刘小强：丫头，放学我送你回家？

没名笑了：死小子，我妈来接。

说完没名慢慢离开了，她没有多瞧刘小强一眼。金小蛋看到刘小强呆呆的表情，走过来说：你怎么瞧上人家了？也不找个好的，旗杆有什么意思？

刘小强：你不懂，她未来会成为一个绝世美女。

金小蛋：行啊，恭喜你对飞机场有这么大的兴趣。那陆小小呢？你不打算追了？

刘小强看了看自己手心：这个世界变化快，沧海变桑田，高山出平湖，你体会不到。

爱情就是要有一个人先勇敢，然后两个人才能一起勇敢。刘小强找到田小小说：我知道我不能改变我自己，但是我真的太想改变所有的遗憾了。青春的遗憾一去不回，一辈子的心心念念，亲眼目送第一次动心的姑娘成为别人新娘，难道这些不残忍吗？

田小小：你想干什么？

刘小强：我知道我不能改变我自己，我接着我的垃圾成绩，我接着我的傻乎乎，我就是为了改变没名回来的，我没别的要求。可是您容我教小银鱼几招成吗？您就让我动员他勇敢地把那几句话说出来，何必憋在心里十几年呢？到最后两个人心里的遗憾，一辈子的怅然若失，青春的爱情，哪怕是拥有了，也不会后悔不是？

田小小：可是你弥补了那么多遗憾，可知道太多的因果关系，你永远不能弥补干净。你以为你穿越回来，你就会得到你所爱的没名吗？不会。佛祖只是想让你死心。你们俩几辈子的孽缘佛祖看了都焦心，一个香炉一个古刹，一个青灯一个灯芯绒，一个豆萁一个豆，相思相守却相互煎熬的命。豪猪取暖他都不敢相互靠得太近，你们俩身上全都是刺，凑不到一块。

刘小强：那居士让我回来干吗？

田小小：上辈子你们俩缘分尽得太早，佛祖不忍心而已。

刘小强：那上辈子我们俩是什么？

田小小：她是喜洋洋，你是灰太狼。

刘小强立刻召集哥几个开个会，把这个事情交代清楚：一、陆小小被定性为王阳明主意分子被彻底开除出刘小强的审美空间。二、没名的潜力股身份将作为刘小强重点开发对象予以关注和保护。三、小银鱼同学的勇气将由刘小强和金小蛋负责开发。

刘小强找到小银鱼谈话的过程很简单。

刘小强：你是不是喜欢阳春面？

小银鱼表情腼腆：都是你们瞎传。

刘小强：我就是苍蝇我也不咬没缝的蛋

小银鱼：别瞎传，人家阳春面该不高兴了。

小银鱼得承认，是他无数的亲密好友在向他保证他的暗恋对象不会外传之后把这个消息当成好朋友间共享的秘密一一传递的。小银鱼把喜欢阳春面的信息通知了郑小伟，郑小伟通知了程小双，程小双通知了金小蛋，金小蛋通知了余小翎，余小翎通知了陈小南，陈小南通知了刘小强。

于是当年刘小强一声吼，通知了所有人。

英语老师问：小银鱼，你演对话里的丈夫，那妻子谁演？

英语老师总喜欢把那几个课文对话以表演的形式让所有人记忆深刻，小银鱼回头看了看阳春面，阳春面低头不语。

刘小强极度亢奋，在自己享受不到爱情的前提下替别人享受也是件很开心的事：阳春面！

有记者采访并不可怕，可怕的是记者亮明身份是焦点访谈的，全国人民都知道了。

40

可是眼前刘小强不会这么干。他一定要敦促小银鱼按着自己的思路一步步爱上阳春面，然后两个人倾心交谈。

表白是一切孽缘的开始，小银鱼克服了重重阻力做到了。他腼腆地把自己的想法付诸实践，阳春面尴尬的脸上泛起笑容。小银鱼可以满面春光地开始他的恋情了，他终于可以克服重重障碍拉起了阳春面的手。

刘小强看着阳春面，他回忆起了阳春面婚礼上那个幸福的女人的表情。好吧，乔太守错点鸳鸯谱，小银鱼终于和阳春面双宿双飞。刘小强也知道，有那么几个人是最看不得别人的爱情得逞的，这几个人也是一定要告密以解心头之恨的。班主任站了出来：听说，最近你们都很活跃嘛，捉对的捉对，落单的也不甘寂寞出来招摇了？

刘小强听了这话不心虚，爷我没追陆小小，那丫头前排好生坐着呢，爷连正眼都不瞧一下，没那心思。

班主任开始了找人谈话，这个谈话过程是一对一的，宣传效果特别好。比如甲和乙谈恋爱了，全班还都不知道呢，班主任先把甲拉出去聊了好一气，然后再把乙拉出去。小银鱼大义凌然，风萧萧兮易水寒，那离去的背影让刘小强看到了自己当年的影子。哦，不对，这就是当年，自己已经回到十年前了。

小银鱼的勇敢换来了刘小强一干人等的尊重。陈小南率先在课间开会表达了对小银鱼同志勇于顶风作案的崇敬之情。在这个期末考试全班成绩都不是很理想的时候，小银鱼同志能主动把舆论重心引向自己，这在陈小南和刘小强等人的眼中，何其伟大。

班主任：你是好学生，怎么也犯这种错误？你们俩是一个阶级的吗？幼稚！

良药苦口利于病。

刘小强第一次听到这样的话的时候，很气愤。十年后回味这句话的时候，很平静。如今再次听到班主任对小银鱼说的这句话的时候，他觉得是真理。

什么是真理？真理就是说一句话很有道理然后让大家都去执行？那是道德，不是真理。真理就是说一句话让大家按着说的去做？那是法律，不是真理。那真理是什么？

真理是一句听起来没什么味道，越琢磨越有味道的话。

比如这句：你们俩是一个阶级的吗？

这句话的最初目的是为了让你自信或者自卑。对待刘小强这样的人渣，阶级这句话的意义就下降到挖苦。对待小银鱼这样的人才，阶级这句话的意义就上升到励志。

但是这是最终目的吗？当然不是，如果是的话还怎么能算是真理。青春的爱情从来就是没有结果的，与其为了一个从来没有的结果你死我活，不如为了一个可以看到的结果好死不如赖活着。

这就是真理。

这一次，小银鱼没有相信真理。

他握着阳春面的手，轻声说：我喜欢你好几年了。

阳春面：我知道。

小银鱼：我知道你知道，我的意思是你喜欢我几年了？

……

刘小强很气愤这段对白，因为这段对白涉嫌抄袭了自己的版权。可是这段对白的结果却是那么甜蜜美好。小银鱼拉着阳春面躲进小树林，小树林里花开花谢，枝繁叶茂，阳光穿不透，视线看不着。十八岁的树林浪漫约会不比大学，没有白花花的屁股，只有两个年轻人手牵着手，吻都是奢侈，相互注视就已足够。

他们热恋了。

41

朱砂痣依旧是朱砂痣，饭粘子仍然是饭粘子，原来的盈盈一水或许变成了银汉迢迢，原来的如胶似漆或许变成了相逢陌路。

这些都是穿越惹的祸。

此时此刻，小银鱼享受着爱情的滋润当着雨后春笋。他当然不会想到十年之后本应该在一个尴尬的场景里偷偷痛哭之后满含热泪目送自己心爱的女人穿着别人的婚纱，接过别人的戒指，走进别人的洞房。

小银鱼开始不时上课回头朝阳春面笑笑，阳春面也开始不时朝小银鱼点头。这种无声的语言嚣张肆意，满园春色关不住地刺激着刘小强。刘小强觉得，自己确实没有必要装纯了，其实他可以在田小小的监视下，在佛祖的允许范围内进行一些感情活动以抚慰自己干涸的心灵。

喝酒？那是上一个十年里天真的刘小强排解苦闷的工具。嘴里唱着：天上若无酒，何以有酒仙。地上若无酒，哪里是酒泉。

傻，太傻，大排档里喝啤酒，就着鸡翅、拌凉菜。没品！

喝酒应该在哪？小胡同里幽静所在，四合院里石板铺地，几分凌乱，几分拥挤。院中几株植物斜斜地靠在有些年代的墙壁上，酒吧里面水泥的土墙如同被施了魔障一般只准许你进入，却不许你出去。古香古色的景致，靠着门的墙壁上挂着一个铁制的牛头，上面的铃铛“叮叮”响，悠扬又惬意。木制的桌面上一盏红色的蜡烛，摇曳的烛光印衬着客人的脸，一些充满光泽的脸旁就那么出现视线里，应接不暇。一屋子的人，红男绿女，金发碧眼，满地的烟蒂，高朋满座，香烟缭绕。在这里端起酒杯，鸡尾酒就算了，白兰地能喝得惯的中国人不多，冰镇的啤酒一扎一扎仰起脖子倒进肚子。

可是，那是遐想，现在的刘小强，只能靠回忆想想那些。他想到了陆小小，他突然要弄清楚自己为什么会对这样一个姑娘心心念念了那么久。他凑到陆小小面前，仔细观察。这个姑娘的确成绩很好，智商也很高，至少刘小强是肯定不敢在反应速度上和陆小小比较。可是刘小强穿着十八岁的校服，操着十八岁的喉结发紧的嗓音，拿捏着十八岁的行为规范，自以为轻佻地站在陆小小面前，想要和十年前自己心目中的女生对话的时候。

刘小强：丫头你知道我喜欢你吗？

陆小小：我知道。

刘小强：那你觉得我们俩有戏吗？

陆小小：没有。

刘小强：你不试怎么就知道没有？

陆小小：那你凭什么就让我试？

刘小强愣了，他突然很想说：我比你十年后那个二世祖强多了，除了二十六七岁还花家里钱跟着周围一干人等海吹，哪比得上我？

可是田小小这时候表情冷淡地盯着自己。

幸亏这话没说出口，陆小小的选择没有错误。乱世出太祖，中国历史上最乱的时候河北省一个地方十年里出了二十多个国家，十六七个太祖，这要选后宫得多祸害人？能长治久安的，必然实力非凡。

于是流行这么句古话：嫁人不嫁二世祖，纵使寡妇也枉然。

于是刘小强感叹陆小小的水到渠成，她空白的青春期，她空白的初中花季，她空白的高中雨季，她空白的大学金秋，只是在晚秋补种的时候唤醒了爱情的种子，短暂的生长期让刘小强唏嘘不已。

好吧，既然你选择了在爱情的常规赛里因伤缺席，但是你凭什么就能在季后赛里拿到入场券？

于是眼前的陆小小让刘小强哭笑不得。这个目的性极强的姑娘十年后将通过一段相互之间没有任何磨合的爱情之后跟随自己的未婚夫远赴澳大利亚。她努力学习二十年争取脱离那个污染严重的工业城市故乡却最终又进入了澳大利亚的煤矿城市，享受机器的轰鸣声和高耸入云的烟囱。

刘小强很想笑，这是一段冤孽。

田小小再也不能容忍刘小强这种骑墙的做法了，这边勾搭着陆小小，那边课间和没名勾肩搭背。

田小小：你可听好了，你不能对陆小小有任何企图，否则，哼！

刘小强：我知道，不就是变成液体状态，永世不得超生嘛。

田小小：你是不是觉得这事没什么大不了的？

刘小强：没有，没有，问题是爷现在已经很成熟了，爷这是回来体验生活来了。不是回过头来把犯过的错误重新犯一次来了。你就放心吧！

田小小将信将疑地点点头，她认识刘小强十年了，这小子张嘴就是谎，从来就没变过。感情投入一点不少，演戏的成分一点不假，总之就是在示爱的同时让自己可进可退。进可进而求其心，退可退而护其脸。刘小强勾搭没名的时候田小小躲在一旁听得真真的。

刘小强：丫头，下辈子，我们青梅竹马好吗？

没名：死小子，几辈子都遇不到您这么难过的坎儿。

42

刘小强还在关注着阳春面，她剥去了十年后那种格子间女人特有的凌厉和强势，剥去了拥挤繁杂的地铁站里穿着制服快步挤上地铁，棱角分明的衣着在来来往往的人群中失去视觉中心从此迷失，剥去了笑里藏刀的江湖气质，回到了清纯知性的十八岁。

她的笑容让刘小强感到久违的温暖、安静。刘小强不愿意再凑上前去搅和小银鱼和阳春面的缠绵，这两个人下课后就会粘在一起。班主任已经绝望了，他明确预言：小银鱼，再这样下去，你就是自绝于人民，前途于你而言已经没有意义！小银鱼不在乎，他当着班主任的面冷笑。他勇敢地揽过阳春面的腰。

小银鱼下课后走到刘小强的桌子前，拉过一把椅子坐下。

小银鱼：谢谢你了，给了我勇气。

刘小强最近被课程搞得焦头烂额，十年前的微积分重新捡起来，一切都是似曾相识，可是总是像在大街上遇见一个熟人，摇了半天脑袋，说：你是那谁来着？现在他抬起头看着小银鱼，这个现在还在刘小强面前摆着谱，有些装成熟和稳重。刘小强通过这张稚嫩的脸看到了十年后在自己的二手日产车里失声痛哭的影子。他的勇气是那么心血来潮，缺乏恒久的持续能力。刘小强看着小银鱼，他隐约感到自己做错了，他开始后悔，仅仅是一句善意的提醒到现在却唤醒了一段错误的爱情。他从这个脆弱的男孩子脸上看到的仍旧是隐藏起来的自私和自负，他的确不是一个伟大的人，至少在三十岁前还不会成长成一个成熟的男人。他不会像刘小强一样把失落的感情轻拿轻放，自我疗伤的能力如此低下，小银鱼，他会怎么在这个乱世生存下去？

刘小强：没什么，你们俩快乐就好。

刘小强改变了，他在众人的口中突然从一个劣迹斑斑的特差生便成了一个沉稳的后进生，而且知道如何拼搏学习了。班主任自然也从密探和其他老师口中确认了这个消息，他觉得有必要对这个曾经的失足青年进行一定程度的肯定以换取刘小强更进一步，争取宽大。

班主任：听说，你最近没怎么给陆小小写纸条了，是吧？

刘小强：我压根就没写。

班主任：你写不写我不管，既然你改过自新了，组织上还是会给你机会的。改造自我是一个长期的工作，天天抓，时时抓。平时对自己要求严点，不是坏处。感情问题嘛，年轻人都会犯错误，错误的根源在哪？就在对自己的认识不够。认识到自己的位置了，处理什么问题不就都清楚了嘛。

刘小强：是，我认识到自己的位置了。

班主任：听说，你最近和田小小搞得很火热？

刘小强：我们俩总在一起探讨人生，没别的。

班主任：冤孽都是从探讨人生开始的，注意分寸。

刘小强理解班主任了，全世界的班主任都扮演着消防队员的角色。二战时候苏联的朱可夫，哪里有战斗，他就杀到哪，列宁格勒吃紧了，飞过去调理队形；南线吃紧了，杀过去组织防御；斯大林格勒有危险了，奔过去领导反攻。青春期的爱情火焰此起彼伏，弹压不及。家长追到办公室去问：我们家孩子最近怎么总是心神不定，眼神恍惚？

班主任：你们家孩子最近邪火上身，我找他谈谈。

于是小银鱼和阳春面就被班主任叫来叫去地谈，办公室谈，不过瘾了两个人叫来一起谈。

班主任：我知道你们俩感情有基础。

阳春面：是。

班主任：你还敢答应？

阳春面：他喜欢我，我也喜欢他。

班主任：你们这么大的孩子懂什么叫感情？学习上不去，两个人相互耽误，爱情这东西，现在就是洪水猛兽。我是过来人我知道，高中谈恋爱，那就是学习忙的。将来大学闲着没事的时候，再谈不迟。该着急的不着急！

谈话是无效的，被包围在炮楼里的鬼子上了刺刀说死不降，看来，爆破组的同志们该上了。

43

小银鱼和阳春面勇敢地接受了所有人的围攻，这两个人瞬间成了班级里所有人讨论的焦点。他们坚持手牵手出入校园，被教务处的领导同志强行分开好多次又在不远处大义凛然地牵上。处分是不能给的，毕竟这不是接吻，不是性器官的直接或是间接接触，如果肮脏的你非要把这理解成不正当关系那也没什么，反正小银鱼的官方解释就是牵手是阶级友爱的表现形式。

手牵手的友情，古板的中年人看了干着急。

星期天他们在空旷的教室里自习，小银鱼羞涩地凑近，然后他发现了阳春面的体香。他嗅着此生第一次嗅到的女孩子的体香，沉醉许久。阳春面侧过脸，四目相对，小银鱼瞬间感受到了阳春面微弱的信号。他托起了阳春面的下巴，扳正了扭捏躲闪的阳春面的脸，他托着阳春面低垂下去的双颊，挤上去，被推走，再挤上去。

初吻是美好的。

十八岁的初吻不会两个人喘着粗气，咿咿呀呀表达亢奋，但是虚汗却是少不了的。

小银鱼：让我抱抱。

阳春面：不行。

小银鱼得逞了。

小银鱼：让我摸摸。

阳春面：别。

小银鱼得逞了。

小银鱼：让我看看。

阳春面：臭流氓。

小银鱼还是得逞了。

于是一来二去，压力之下的爱情非但是棉花糖，简直成了高压锅。阀门轻启，一股热浪喷薄而出。小银鱼家中的小卧室，父母不在时带着阳春面回去，蓄谋已久的时刻终于到来。隐约感受到对方目的的阳春面半推半就，一轮红日缓缓升起，生命的轨迹泛滥肆意。

小银鱼：我只是想看看。

……

小银鱼：我只是想摸摸。

……

小银鱼：让我试试吧。

阳春面：不行，我还没有准备好。

小银鱼：我爱你，相信我。

……

爱情永远是被裹挟着成为所有人记忆中痛苦不可分割的一部分的。这是一次意外，第二天田小小找到刘小强的时候，刘小强正站在没名班级门口和没名眉来眼去。

田小小：知道昨天发生什么事情了吗？

刘小强：不知道。

田小小：小银鱼和阳春面有了事实了。

刘小强：哦，那和我有关系吗？

田小小：除了没名和你可以有改变以外，任何人如果被你篡改了历史，你要知道你会承担什么责任！

刘小强：他们之间有感情搞到一块和我有什么关系？

刘小强知道小银鱼和阳春面的开始必然会有这一天，他现在是二十七岁的阅历回到十八岁重新过往，对这些事早没了高中生下课以后聚堆讨论谁和谁搞了，谁可能不是处女的兴趣。相爱的人搞到一起，正如十年后的自己和没名，旁人是没有权利品头论足的。

田小小：不是你撺掇小银鱼，他会和阳春面有这么一出吗？

刘小强：哎哟，田大小姐，您可别冤枉我，我可没让他们俩搞床上去。都是十八岁的成年人了，该做什么不该做什么都是人家自己的事，咱操心干吗啊？

田小小：你这话说得损不损？不出什么事最好，如果要是有人出什么事，佛祖那边我交代不了，你就等着打回液体形态吧。

刘小强显然对田小小这种威胁有些厌烦了：你别总拿着液体形态威胁我，爷我就是液体形态来到这世上的，回去爷也不怕。我又没做什么亏心事，别人脚上的泡别人走的，我还得一个个替人把水泡挑了不成？

田小小：好啊，那我也找人和你抢没名如何？

刘小强顿时傻眼：姐姐，亲姐姐，我错了，我知道错了，我这就把他们俩拆开，我说什么也要把他们拆开，您别动我的没名成吗？

田小小：知道回来干吗就行，少给我添麻烦，再有一次，你就后悔药都没地方吃去！他们的事，不许你干涉一丁点，知道了吗？

刘小强被田小小的话骂清醒了，是啊，自己回来是为了和没名青梅竹马改写青春的，管别人遗憾有什么用？小银鱼十年后还不是痛苦地装成一个成功人士在阳春面的婚礼上挥洒自如，然后再痛苦地回去过平淡的日子，再找一个姑娘结婚，平淡的生活中逐渐淡忘阳春面？

爱情就是一个彼此渐渐淡忘的过程。

一个钥匙可以开好几把锁，一把锁也可以配好几个钥匙，这个世界无绝对。

44

田小小说：你必须要做的，是改变没名。

改变没名，这是一个明确的议题。

在刘小强心里，没名一直是一个小妖精。她劝你戒烟不是把你的烟抢过来一脚踩灭，恶狠狠地训斥，而是在你的注视下漠视你故意挑战权威的目光自己欣然点起一根烟吞云吐雾。她不会敷着面膜和衣而睡，听到刘小强夜里在电脑前奋战赶剧本的键盘声就一声怒吼，没名会穿着粉红色半透明的睡衣在刘小强面前晃来晃去。她不会抢过刘小强的电话对电话那头声音发嗲的女人问一句你是谁啊，没名转过头去什么都不看，非要等着刘小强自己主动上交电话还非要让没名看看自己有多清白，可是没名还是一眼都不看。

这就是十年后那个神奇的没名。

刘小强要改变她，回到十年前来亲自改变她，怎么改呢？从没名那个突然消失的父亲开始？刘小强一直不敢开口问没名这个事情的真假，他觉得这么张嘴问太唐突也太残忍了。一个突然抛弃家庭的男人给幼小的没名多大的伤害，这个问题本不应该从刘小强嘴里说出来的。

一个被全世界誉为最会写故事的小说家毛姆的小说《月亮和

六便士》里，主人公斯特里克兰德结婚十七年之后突然离开了家庭，远赴巴黎。斯特里克兰德太太悲愤欲绝，她怀疑自己的丈夫是不是在巴黎有了一个女人，为了那个女人放弃了孩子和自己。可是当事实摆在面前，斯特里克兰德并没有在巴黎花天酒地、纸醉金迷，而是在一个破旧的艺术家社区的阴冷公寓间里继续着他少年时代的艺术梦想。为了家庭他放弃了十七年的梦想得到重拾，他无怨无悔。

这个斯特里克兰德是没名的父亲吗？

那个为了自己的梦想放弃一切的男人，在没名周围所有人的口中都成了洪水猛兽。如果没名的父亲真的就是斯特里克兰德，那么他为了自己用艺术叙述世界的理想爱上一切其他人认为荒诞的行为，都是可以理解的。

如果毛姆能把这个完美的长篇小说继续下去，如果在非洲得上麻风病的斯特里克兰德变成了在中国的云南或者贵州哪个小城市里享受安宁的没名的父亲，如果刘小强也像毛姆一样面对面和这个平庸世界里被认为是自私无责任感的男人促膝而坐，侃侃而谈的话，那么刘小强就一定会知道改变没名的答案。

她是一个看透一切却又假装什么都不懂的妖精。

十年后，她告诉刘小强：姐一定不会嫁给一个自己最爱的男人。心心相悦长相厮守，岁月磨平了棱角，为了你爱的人放弃自己的兴趣爱好，家庭成了自己厌恶的场所，所有美好都成了累赘。某年某月，身边人突然变得陌生，默契代替了理解的过程，妥协成了维持下去的唯一办法，那时候，爷您会不会逃离？

十年后的刘小强，沉默良久。

于是刘小强现在站在没名班级门外，他不再用十年前对付陆小小那套哗众取宠的幼稚办法吸引注意，也不会像帮陈小南联系小姑娘用的那套流氓腔调。他不用装成熟了，他只不过拥有一个十八岁的外表，他的一笑一颦，每一次思路碰撞，都已经是一个成熟男人的内在了。

他拉起没名的手，表情凝重，那表情让没名想发笑，但是她又觉得刘小强的严肃莫名其妙，不敢笑出来。

刘小强：丫头，你要知道，在你的生命中有一个人会十年如一日在你身边，即使有一天你发现这个人实际上只是为了拥有你才会做了那么多。但是请你理解这种自私的付出。我愿意在你的左右，我愿意让你快乐，即使若干年后那个快乐的没名笑容背后隐藏着那么多的无奈和唏嘘，我还是会在你左右，细心呵护。这不是用时间衡量出来的情感，这也不是张爱玲说的那些经不起磨砺的情感，我们都不缺乏应对的勇敢，但是站在你面前的这个人会因为若干年后你的离去痛苦万分，你知道吗，没名？

没名被刘小强这突然的表白震惊了，她整理着这些话的头绪，这些话里夹杂着的信息这么复杂又看似简单。

没名：你是不是想说你喜欢我？

刘小强：不仅仅是喜欢，那是一种上天突然赐予的爱情突然消失，迷失的心原以为是找到了归宿，却发现是萍水相逢，原来是两个都装作看透一切的年轻人笑着唱着忧伤的歌。

没名觉得这些话莫名温暖，但是十八岁的她还是一脸茫然：那你说这么多，究竟想怎样？

刘小强：从今以后，你就跟着我吧。

没名：狐狸尾巴终于露出来了。

可是没名说这句话的时候，她还是笑了，她知道刘小强这些日子天天在自己班级门口蹲点绝对不是这里通风好想来这乘凉，眉来眼去的终极目的不就是现在站在自己面前说这么一堆的废话来表白？

没名：可是，我可听说，您前些日子不是追陆小小追得不亦乐乎，今儿怎么跟我说这么多，是不是撞了南墙来我这找平衡来了？

这话问得刘小强憋红了脸：那是错误，我和她不是一个世界的人。

没名：那你和她就怎么不是一个世界的人了？

刘小强不能把这个答案告诉她，他不能说这是十年后才发现的答案，他不能说陆小小十年后将会是一个在无奈中憧憬着自己补种的爱情种子生根发芽的女子。他不认同却万分理解十年后那个陆小小，只是眼下，他看着这个高挑清瘦，除了骨头没一块多余的肉的没名：她不够瘦。

没名：您这是夸我呢还是损我呢？

刘小强愣了，这句话似曾相识：爷哪能损你啊，爷这是夸你呢。

没名：死小子，没见过你这么夸人的。

死小子，刘小强听着没名一口一个死小子，他突然倍感亲切，这要比十年后两个人经历了无数故事之后没名的那个“爷”真诚无比。

刘小强：爷这次真醉了。

45

刘小强庆幸，自己终于可以进入没名的生活了。刘小强用了半个月的时间重新熟悉了自己所处的环境，晚上回家要装得像个人似的跟自己父母搞好关系。刘小强他爸开始的时候发现自己儿子按时回家而且关了门就知道学习，学累了居然也能主动下厨房收拾家务了。

变化太大了。

在刘小强看来，既然为了没名公费旅游一次，十年前亏欠的东西就顺手收拾了。刘小强他妈满怀感动地瞧着自己一佛出世二佛生天回来似的儿子，一句句感动的话噎在嗓子眼酸涩涩说不出来。

这些都是刘小强预想到的故事，这些故事必定会感动到家人，也会感动到自己。刘小强坐在教室时，陆小小会在回头和哪位同学聊天的时候瞧几眼刘小强，怎么办？咱也瞧几眼，还回去。对嘛，什么都看开了，爷现在把爱慕的种子煮熟了，谁能发出美丽的鲜花谁就不是诚实的孩子。可是这个朝鲜童话的结尾是没开花的孩子得到了美丽的公主，刘小强托着的这捧培育爱情的热土无处寄托。那么，十年后当你听到陆小小订婚的消息的时候，凭什么你就哭了呢？

刘小强自问自答：我哭，我哭那是迷惑你们这帮孙子呢。

那你为什么会克制不住冲动想踢陆小小的未婚夫呢？

刘小强自问自答：我克制不住那是因为我贪婪。

那你既然这么贪婪，那你还为什么为了一个没名如此伤感呢？

刘小强自问自答：我伤感我的伤感，并非没名。

对了，这就是你的答案。佛祖让你回来走一次就是想告诉你，你追来追去想要的，无非就是这份干净纯真的感觉。可是当你再一次假装初吻轻轻拉住没名的手吻没名的时候，你还会感受到激动吗？你还会体会到第一次吻那个你爱的女孩子时的那种紧张和欣喜吗？你找不到了，你永远都找不到了，那些东西离你远去，而且一去不回，何苦留恋。你把那份追求放在心里，装得玩世不恭，和每一个姑娘纠缠不休，可是还不是想把所有的遗憾轻拿轻放，装成一切都没有发生过一样。刘小强，你不要再骗你自己了。

刘小强穿越回来这四个多月，他一直在问自己这个问题。刘小强和没名的爱情一切顺利，他也开始不满足于天天拉着手这么一直进行下去，可是每当他想要设计出一个计划准备把没名拉到自己的怀里的时候，刘小强就想到切诺基和没名在宾馆里的一幕。

这是不能回避的事实，这是无法改变的事实。穿越不是一步步向后走；穿越不是把出生的孩子塞回到母体中然后逐渐消肿变成液体形态再回到父体内；穿越不是一刀下去的伤口瞬间愈合，流失的鲜血回流到体内；穿越不是纯洁的没名跳开切诺基的目光，两个人相逢不相识。

站在教学楼楼顶的刘小强看着操场上玩耍的孩子们思考很多。

小银鱼走到了刘晓强身后：阳春面出事了。

刘小强很惊讶，他转过头：阳春面出了什么事?

小银鱼：她已经两个多月没来了，八成是怀孕了。

刘小强：那赶紧去医院啊，你等什么呢?

小银鱼痛苦地蹲在地上：我对不起她。

小银鱼的表现没有出乎刘小强的意料，他还是那个怯懦的小银鱼，或者说他还没有变成一个成熟的男人，是刘小强用几句话催化了他的成熟。

刘小强：去医院吧。

本来，刘小强跟着他们两个去医院这个事情是极其尴尬的。但是既然小银鱼告诉了刘小强，那么他也必须要跟着阳春面一路护送。刘小强开始自责了，刘小强开始发现自己当初挑动小银鱼是个彻头彻尾的错误。高中生是没有多少钱的，幼稚的阳春面又害怕在大医院里遇到熟人。这个小城市里交际圈太小了，阳春面决定选择一个小诊所做这个简单的手术。

走到小诊所门口，阴暗的角落，门口的垃圾桶里还有隐隐的腥臭味。也许那是上一个患者遗留下来的未成型的婴儿的尸体，刘小强捂着鼻子作呕。

刘小强：不行，这太危险了，你们这样会毁了一生的。

阳春面无奈地看了一眼刘小强，那表情坚定而又脆弱，毅然走进了里间的手术室。

刘小强默默无语，他把小银鱼留在了小诊所的外间，自己出来买了一盒烟抽了起来，此刻他也不管回到家里会不会被父亲训斥了。

田小小：你后悔了吗?

刘小强转过头：你怎么也在?

田小小：你不是要改变吗?你要改变的东西就是这样。你觉得那些人那些事都是遗憾，这下好了，这下你不遗憾了是吗?两个相爱的人在一起，却变成了相互伤害，永远不能回头，这样你就觉得是幸福了是吗？小银鱼痛苦的表情你觉得不忍心，那么阳春面呢？你永远都是自以为是的聪明，你能改变的东西就是把所有人都推到风口浪尖，让别人都不忍心回忆以往的回忆你就心满意足了吗？

刘小强：我不是这个意思。

田小小：那你什么意思？你是不是还想着让陆小小反过来追追你？这样你才满意了？什么叫自私？自私就是你这种打着无私的旗号不停地把回忆当垃圾桶用的人。

刘小强：我在乎的是没名！

田小小：别装了，你谁都不在乎，你只在乎你自己。你想的就是让自己的形象光明正大，自己的爱情一路顺畅。过去的青春再怎么遗憾，那也是一段值得品味的遗憾，你再看看现在这个混乱的景象，要是你，十年后的你，你还忍心回头看看这些过往吗？

刘小强沉默了。

他再想问问田小小该如何弥补的时候，田小小早已经不见踪影。

阳春面从手术台下来的时候，长长的头发早已经湿透了。她扶着墙小步挪动，咬着嘴唇，脸色惨白。小银鱼看着阳春面，满含热泪，愧疚的表情写在脸上。

阳春面：你就是这么爱我的吗？

小银鱼：我错了。

阳春面失声痛哭：你就是这么爱我的吗？

小银鱼：我真的错了，我知道错了。

阳春面瘫倒坐在冰冷的水泥地上：你就是这么爱我的吗？

小银鱼：原谅我，我真的错了，我错了，我是混蛋，原谅我，我真的错了。

还能说什么呢？死党程小双负责照顾阳春面，平时的课阳春面是不能上了，早上偷偷离开家，在父母上班后又偷偷回到家里，瘫软在床上，隐隐作痛的身体让她感觉被一股寒气侵蚀。程小双放学后来到阳春面家跟父母说是一起学习，实际上两个人锁上卧室的门，阳春面躺在床上，程小双带来买来的乌鸡汤，偷偷让阳春面背着父母喝下。《产后小百科》里学来的东西这时候全部用上了，刘小强出谋划策，他在田小小冷眼监视中帮助程小双寻找着可以休养身体的办法。

阳春面的父母没有发现什么端倪，谁都没有发现什么异样，半个月后阳春面恢复正常，可是她却开始经常性地冒虚汗，大热天却偷偷拉过程小双的胳膊说冷。这是后遗症，这一个多月的漫长恢复期让刘小强和小银鱼都身心俱疲。

刘小强把小银鱼叫到教学楼楼顶，两个人在空旷的楼顶倚着楼顶的护栏小声交谈。

刘小强：你个混蛋你知道你做什么了吗？

小银鱼：我知道，可是你激动什么？这事有你激动的资格吗？

刘小强：呦嗬，小子，你倒是成熟了啊，翅膀长硬了啊？别以为你搞过姑娘了就觉得自己变男人了。女孩、女人可以这么界定，男的不行！你离男人还有多长一段路要走你知道吗？远着呢！

小银鱼：不用你教育我，我知道该怎么办。

刘小强真的气愤了，他没想到眼前这个十八岁的年轻人会和自己说这种话，可是他也忘了自己这个十八岁的外表在小银鱼面前是没有任何权威性的。

刘小强：孙子，爷要是不收拾收拾你，你还就真以为自己有脾气。

小银鱼马上冷静下来，他知道自己的确犯错了，可是他真的不知道怎么样去弥补错误：阳春面怀孕了，没什么嘛，打了，本来要大起来的肚子没大起来，天下太平，没事了嘛。

刘小强哭笑不得：你以为这是炸汤圆吗？露不露馅不重要，只要个头够大就行？

好吧，话说完了，刘小强的确需要教训一下小银鱼了。他的身手打起天天学习的好学生还是轻车熟路，毕竟自己是在大飞手底下混了多时的，如何打架，如何下手，打哪里又疼又不是下黑手，一切都是顺风顺水，小银鱼被按在地上一声不吭，中一拳沉闷地哼哼一声。

刘小强：你倒是叫啊，说哥我服了，说啊！

小银鱼：你打吧，既然你愿意替阳春面惩罚我。

刘小强：我不是替别人惩罚你，我是替你失望你知道吗？你知道这爱情到你手里有多宝贵吗，你知道你本来要如何珍惜这份感情的吗？十年的等待，你都无怨无悔，到现在你就这么不争气，到手的纯真感情就让你这么作践，我不打你，我不打你我都对不起我自己！

又是一脚。

打着打着，楼顶楼梯口处站着一个姑娘，刘小强看着她，哭了。

没名呆呆地看着这一幕，半晌才说一句：死小子，你怎么打人自己还哭了。

刘小强丢下了小银鱼，走过去坐在楼梯口的台阶上，点燃了一支烟。

刘小强抽泣着看着不远处被他打倒在地的小银鱼，午后的侧逆光反映在脸上，白杨树的树叶随着风沙沙作响。

刘小强对躺在那里的小银鱼喊道：这就是你的爱情，你后悔去吧！

46

刘小强很不爽，他觉得自己的一番好意变成了罪过，变成了被田小小冷嘲热讽的把柄。他回来之后习惯生活的速度是很快的，毕竟十八岁的高中生活是有目标的，你的目标就是简单地把成绩提高，而且这个提高的限度是无限的，因为总有一个神奇的怪物会在你前面成为你前进的动力。陈小南前进的动力是刘小强，刘小强前进的动力是程小双，程小双前进的动力是阳春面，阳春面前进的动力是余小翎，余小翎前进的动力是小银鱼，小银鱼前进的动力是陆小小，陆小小的动力是遥远的某个超级中学的神话人物。这个锁链使得所有人都表现得欣欣向荣，向日葵一样跟着老师表情严肃地度过每一天。

他们说，这叫紧张。

阳春面的事故在小范围的检讨声中度过了，刘小强一直耿耿于怀，他还记得自己应该找个出气筒来表达不满的。郑小伟发现到了刘小强盯着自己的恶狠狠的眼神，脊梁骨瞬间发麻。此人之所以能成为刘小强一干人等的阶级斗争对象，是有原因的。话说一九四六年，东北民主联军刚到东北的时候，搞土改和农村工作还是很难施展开的。原因是什么？矛盾没抓住。在一个阶级矛盾并不是很尖锐的地方，要体现矛盾，最重要的，就是要树立典型。郑小伟同志就是刘小强他们苦苦等待，千呼万唤始出来的典型。想收拾就是要收拾你，连个替你说话的人都没有，说你勾结土匪欺压劳动人民，千百种罪过都在舆论中定在你身上了，谁替你辩护那就是和广大劳动人民为敌，等死吧你。

幼儿园里的小朋友最聪明，个头不是很大的小朋友总是自以为站在正义的一方，遇到欺负其他小朋友的事情，总是用煽动的语气说：你凭什么欺负人？不和你玩了。

可是等你冷静下来，仔细观察这个孩子，你发现他会利用自己的舆论威信，重新树立权威。他会成为一个新的孩子王，他以道义为工具，以维护正义为手段完成了权利更替，这就是人类的潜意识。

十八岁的刘小强乐于如此，二十八岁的刘小强仍旧乐于如此。

这就是把自己摆在绝对正确的领域博得广大劳动群众信任的制胜法宝。

现在，他决定漠视郑小伟了。

因为，他觉得自己这十年来做的事情都是那么无聊。

47

江湖险恶，如果这一段段的爱情没有了三角恋，没有了你爱我但是我不爱你，等到我爱你了你又不爱我了这种矛盾冲突，故事就不再称之为故事了。

刘小强想拉着没名这么一步步走下去，两年以后考上那个大学，两个人仍旧在同一个城市里，相互照应，朝夕相处。他们的生命中不会有那么多姑娘，不会有马萧萧和切诺基，一切都是平平淡淡，相安无事。

刘小强自己问自己：我还会爱那个什么都没有发生过的纯洁的没名吗？

刘小强不想再重复十年后闯荡北京，地下室里等待出头之日的日子了。也许刘小强不会遇到老大，也许刘小强可以在老大即将被那个香港明星看中的前一天再和老大认识，总之便捷的道路有好几条都摆在眼前，何苦跟自己过不去？大学毕业和没名在小城市里，开着奥拓过起小日子，神州本，安踏鞋，山寨手机腰间别，多好！这就是刘小强的人生理想，小县城里一百多平米的大房子，我想怎么装修就怎么装修，我想用竹子玩复古就复古，我想用磨砂玻璃玩现代那就是现代。卧室里和没名蓬莱三天不下床，一身抓伤，那简直就是神仙过的日子，何必呢？人生理想无非就是闯荡，再闯荡，把身边最珍贵的东西一点一点都耗干净了，才发现自己老了。

如果真的要拼搏，北京新街口豁口的房价 2002 年才两千多，刘小强完全可以和没名动员家里人买个三四套，然后等到群魔乱舞的 2007 年，把单价一平米一万六的房子套现换钱。到手个三五百万之后，买入股票，在疯狂的 2007 年下半年一路高歌，顺利抵达六千点大关，然后打点好行囊，收拾好几千万的市值，全部清仓。

最后乐呵呵地学着航天员的经典对白对着还在股市里击鼓传花的劳苦大众说：我已出仓，感觉良好，请组织放心，请领导放心。

刘小强抿了抿嘴：这才是人生。

这不是在做梦，刘小强都可以拿着一个 2001 年的杰士邦避孕套回到了十年前，他为什么就不能借用着十年的记忆让自己飞黄腾达呢？每期的彩票可以记不住号码，但是双子座恐怖袭击事件之后的美国军火财团股票是可以考虑的。广东东莞的外经贸出口在三年内翻了一番，这些信息完全可以让刘小强在得知了答案的补考中取得优异成绩的。

到那时，看万山红遍，人过中年的刘小强会看到一个年轻的小姑娘走到自己面前，深情地说：刘总，您还记得护国寺和您一起喝豆汁的没名吗？

到那时，刘小强仔细回忆，这个场景就跟《还珠格格》里林心如最后拉着张铁林的手，深情地问一句：皇上，您还记得大明湖畔的夏雨荷吗？

到那时，刘小强会和张铁林一样，瞪圆了双眼，长吁一口气，暗自对自己说：险些误伤了自己亲闺女。

苏三有苏三的苦，窦娥有窦娥的冤。人生当如是，做鬼也风流。

那你想把没名培养成什么样的青年呢?

刘小强：我想把没名培养成一个有素质、有内涵、有范儿、有个性的有为青年。

那你觉得没名按您的思路一路成长，在您的光辉照耀下成为即宅又腐，前途未卜的文艺女青年吗?

刘小强：我知道我即使喷了树根的香水，在陆小小鼻子里也能闻出人渣味，于是爷打马回身，看清事物本质，爷就是要把没名培养成纯洁的小白兔，告别治愈系女流氓的身影，从此王子和公主过起了没羞没臊的幸福生活，谁也管不着。

那你会给没名什么样的生活，她还会和你一起在地下室里等待老大出头的那一天吗?

刘小强：等老大出头的那一天那还用跟我过吗？直接找老大得了。爱一个人就要给她足够的物质条件。谈钱不伤感情，谈感情才最伤感情。

这就是：一失足成千古风流人物。

陆小小当然也发现刘小强变了，刘小强从原来的神经质变成了一个励精图治的有为青年了，至少刘小强不再有事没事骚扰自己了。平时认真听讲，再也不以打断老师讲课来吸引自己注意了。这是好事，认清了门被反锁了就别用钥匙捅了，那是没出路的，最终只能委屈了钥匙。

在感情问题上，钥匙是无辜的。

陆小小在课间聚会的时候，向刘小强这帮人走过来。陈小南看清形式，拉着刘小强小声说：人家来了啊，你小子争点气。

在刘小强追求陆小小的问题上，陈小南同志的态度是一贯的，尤其在刘小强吃了一个星期的馒头送陆小小衣服被拒绝这个事情发生后，面对着郁闷之后喝醉了的刘小强，陈小南说了句在刘小强看来极度违心，但是在他自己看来却是极其真诚的话：小强，其实，是她配不上你。

不管怎么说，这句话说出来还是很受用的。十年前的刘小强拉住陈小南的手哭了半天，一直到陈小南把满是刘小强眼泪鼻涕的手抽出来，刘小强都沉浸在陈小南同志的关怀中。

刘小强这帮人，都有自己安慰自己的逻辑。大地主家的小姐看不上长工，村里的平民领袖就会安慰某个伤心的贫农：地主家的姑娘有什么好？她能种地吗？她能给你操持家务吗？现实点吧。

于是在眼前，十年后的刘小强听完了陈小南的嘱咐，看着陆小小走过来，心里还是怦怦直跳。

陆小小：最近感觉你变了不少，挺好的，努力学吧。

刘小强：嗯，嗯，嗯。

点头如捣蒜。

陆小小莞尔一笑，扭头回去了。

这眼神很不正常，刘小强感觉到了，这是信号，这是良好的印象已经培养成的信号。陈小南也在一旁提醒：有戏！

刘小强二十七岁的智商来回旋转，十八岁的陆小小这句话是真诚的，那么这句话背后的信号是什么呢？她喜欢上刘小强了？十年后的陆小小是什么样子？刘小强意识混淆了。二十七岁的刘小强认为所有人都是脏的，甚至一眼望去已经很干净的人他都会习惯性地找出这个人脏的地方来。比如陆小小在鼓楼下南边咖啡厅里的那句：您舍得吗？

这句话背后的信号是即使我不喜欢你，但是你也要像地球围着太阳一样围着我转。近了不行，太热；远了不行，脱离轨道。就是那个速度，就是那个频率。我的就是我的，我不想要了你也要站在起跑线的位置上时刻等待召唤。

刘小强就是这么臆断陆小小的。

您舍得吗？

刘小强因为这句话彻底绝望了，他心里很多干净的东西消失了。

而没名，没名永远都是用真话和刘小强交流。我不想说的那是我不想说的，您要非逼我说那我就说真话。

没名：爷您舍得吗？

这是戏谑，这是撒娇，但是这绝对不是对刘小强的依赖。

可是刘小强看着眼前这个没名，那么柔弱，那么娇嫩，他怎么也看不出这个表象背后的坚强。

陆小小的眼神迷离了，没名的眼神飘忽了。刘小强应该春风得意才是，可是他没有。他知道自己没必要在这个问题上表现得多正气凛然，自己无非就是十年后那个飞机上的天津人嘴里的男人：煮熟的鸭子不能飞，还不顾及胃口下筷子。

48

刘小强突然在一拍脑袋又一次进入陆小小预设的伏击圈的时候，陈小南的警告如期而至。这场战斗陆小小把前线的诱饵小队放出去，刘小强的先头部队发现敌军，陆小小的小队且战且退保持接触，刘小强的部队乘胜追击没有防备。山坳两边长枪短炮摆好架势，收口的骑兵部队躲在山口外的小树林里，就等刘小强自投罗网了。作战参谋一声断喝：将军不可轻敌！

刘小强也在想，陆小小就不能和没名一样，是在未来十年中逐渐消磨了？这个活生生的姑娘在刘小强面前被时间封了口，印上标签，打上生产日期和保质期，扔冰箱里等待她的王子。到那时，王子拎起来扯开包装一口一口狼吞虎咽塞到嘴里，吧唧吧唧杂音不断。

陆小小变了，是的，这个在刘小强心里一度至高无上的冰山女神在全球变暖油尽灯枯耗尽青春之后变得现实了。她不再傲然蹲在冰山上，审视所有图谋不轨的海盗船长，十年后是艘小船她都会当成救生艇的。

刘小强：我为什么就没有当救生艇的命？

可是这句自问自答刚说出口，刘小强就后悔了，难道他就不是没名的救生艇吗？可是没名的救生艇也不少啊？于是刘小强想明白了，陆小小身边的救生艇也不少，旱的旱死，涝的涝死。

再美好的东西都有失去的一天，再深刻的记忆也有淡忘的一天，再爱的人也有远走的一天，再美的梦也有苏醒的一天。该放弃的决不挽留，该珍惜的决不放手，分手后不可以做朋友，因为伤害过。也不可以做敌人，因为深爱过。

——莎士比亚

刘小强看着眼前的没名，又扭过头看了看陆小小，他明白了。

这天午后，刘小强还是在教师后排垃圾桶附近摆好了椅子睡觉，刚合了眼，被人叫醒，原来是大飞。江湖告急，还是那个大飞的女人，还是那个女人的客人，还是那个简单的原因，还是大飞的江湖恩怨。

刘小强莫名冷静。

这是一场两个男人之间的死要面子活受罪的战斗。大飞在十年前的那场战斗后远走深圳，自以为得意地在深圳生活了一年。不料赶上人口普查，大飞交上去的暂住证身份证号码上显示的信息和本人不符。说也命运多舛，正好那号码是一个西安人，大飞一口东北口音，警察听了都想乐：你办假证也得找一个职业点的吧？

于是搜查了大飞住处，真的身份证搜了出来，上网一查，辽宁的网逃，不用问了，打电话叫当地警察来接吧。这边警察接了大飞，火车上就问：说吧，你们十几个人都有谁？

大飞：不知道！

叮叮当当。

警察：说吧。

大飞：不知道！

乒乒乓乓。

警察：说吧。

大飞：我说了我不知道。

咣咣锵锵。

大飞明显低估了警察的动手能力，高估了警察的执法耐性。卧铺间里拆房子似的闹腾了两个多小时，大飞就挺不住了。十二个人一个个都蹦了出来，不过他心里在念着刘小强的时候犹豫了，他把刘小强留到最后一个，看看能不能躲过去。警察数了数人数，最后追问了一句：好好想想，有没有错？现在有错交代清楚了什么都好说，别等着回局里再问。

大飞装傻了几秒钟，心想兄弟我实在挺不住把你卖了回头我用一生报答你，千万别记恨我。但是他还是朝警察摇摇头。

大飞原本打算和人民警察周旋几圈的，结果深圳出发的火车没等到株洲就宣布破案了，名单报到局里，连夜抓人，预审的工作瞬间展开，除了刘小强的十一个人都挤到分局预审间，诸神归位等待审讯。大飞临走前交代的话，十几个人都没忘。毕竟砍人这事大家都参与了，平时刘小强给哥几个普法的时候也总说：什么叫法不责众？就是一个人身中十几刀躺那了，你们十几个人一人一把刀握在手里，可是如果不能确定到底是谁下的刀，估计也就每人蹲两个月出来，可要是一旦确定了哪个哥们下的手，那就是十年八年少不了，然后你们一帮人每人平均再蹲一个月。

于是十几个人把该说的都说了，有的人还想着哥们义气，叮叮当当几下，也都明白过来了，唯独记得大飞那句话，刘小强这三个字到嘴边的时候都卡住了。就这样，等大飞被押送回来，一干人等对了口供，乱七八糟的群架谁还记得，更何况是一年前的事情了，当事人拄着拐杖来分局认人，也是分不出个所以然来，唯独只认识大飞。于是大伙都说自己不知道，自己没砍到人，可是那当事人被挑断的筋是不会让步的，身上十几个刀口，这委屈已经够大了，你们这帮半大孩子还在这推三阻四。

于是，所有的矛盾都定在了大飞身上，入狱十年。

刘小强后来在沈阳读大学的时候，每个学期都要坐上两个小时的车，去监狱看大飞。带上两条烟，一条给管教孝敬，一条给大飞留着抽。大飞哪敢自己抽，先拿出来一半给牢头老大，再和里面的朋友分了两盒，自己私藏三盒。这一切恭恭敬敬，细声细语，刘小强看到的再也不是叱咤风云的大飞了，而是一个被人民专政的改造人员。

大飞：你小子出息了，等我出去了一定别忘了我。

刘小强：我们从小玩到大的。

大飞：你为我过了命的，我记得。

刘小强：我没你那么勇敢，一直都是。

大飞眼含热泪，不住地朝刘小强点头。

眼前，大飞站在刘小强面前，刘小强在想，十年，我要挽救你的十年。十年后你不会一无所有一脸沧桑，十年后你不会感叹自己最美好的时光白白葬送，十年后你不会感叹朋友不在江湖渐远，十年后大飞会是另一种模样，体面地生活。

刘小强：一定要动手吗？

大飞：人家追上门了，不动手不行了。

刘小强：咱们人多，害怕他不成？但是咱们有必要非要砍他一顿吗？深浅拿捏不准，那就是人命，你何苦？

大飞冷笑：行了，亏我一直把你当兄弟。

大飞扭头就走，刘小强怎么喊也不回头。

49

刘小强盯着大飞远去的背影，他左思右想。

如果刘小强就此沉默，那么十年后的大飞将还是十年后的大飞。

刘小强没有别的办法，他不能用别的办法阻止大飞，他也不想打电话通知警察，那背离了刘小强的人格准绳。

可是他还是打电话报警了，大飞一干人等刚刚集合，埋伏的警察就四面出击。十几个小伙子束手就擒。

拘留了十五天，大飞同志光荣出监。

这一次，再也没有了战斗胜利后的匆匆告别，这一次，刘小强最不希望看到的场景没有出现。

只是大飞被放出来的时候，左腿韧带被打断，拖着左腿一瘸一拐。

刘小强远远看着，泪流满面。

时光如流水，穿越的日子是那么幸福而短暂。阳光下的少年臊气熏天，夕阳西下，美丽的记忆不再遥远，却永远不可复制。刘小强在雍和宫成贤街居士家里想得好好的，穿越回来了，整理好没名的思路，处理好和陆小小的关系，完美的青春期慢慢度过，光明的未来永远充满了诱惑。什么叫有缘无分？就是你们俩谁都看上彼此了，较真章要操办喜事结婚了，有一个人打退堂鼓了。什么叫半生缘？就是白娘子和许仙，两个人小日子红红火火你侬我侬，老和尚拎着一个痰盂非得要抓着新娘子扣里头不可。

十年前，刘小强觉得班主任就是那个法海。十年后，刘小强明白了，他们不是许仙和白娘子，他们是唐僧和女儿国国王。

女儿国国王：御弟哥哥，此去西行，路途甚远，不如和我做了夫妻，白头到老，共享富贵，儿女情长，床笫欢乐，怎是漫漫黄沙，皑皑千里冰封路可比？

玄奘：我就要取经。

女儿国国王：别给脸不要脸。

玄奘：我们俩不是一个阶级的。

这就是噩梦，陆小小骑着白龙马头也不回，后面的小银鱼不住地瞭望高老庄，高老庄里的阳春面似是而非，女儿国宝座上的刘小强执手相望泪眼。

爱情，永远都是积怨太深。

就眼前这个瞧自己开始顺眼了的陆小小开始，休眠已久的陆小小的感情细胞终于萌发，刘小强心里阴暗地高兴。明知结果不可改变，可是也觉得是过了十年前的瘾，报了十年后的仇。

刘小强对田小小说：我不知道我该怎么样改变没名，是不是我和她谈恋爱了，我们青梅竹马了，我们两小无猜了，这就是我们爱情的目的了吗？

田小小：本来是不需要这一步的，是你自己不开化，非得惹得人家远走上海，你以为嬉笑怒骂里夹带着的感情不是爱情，天底下不是所有的爱情都是明目张胆地大声表白的。大家都怕了，大家都对这种表白不感冒了，大家都开始把这种幼稚当笑话听了，你以为没名还会对你说什么？

刘小强：那，我下一步呢？

田小小：你是想继续持久战，两个人从头开始，自己瞒着没名一直耍弄着心机这么相处下去，她按着你的思路成长，你计划着你的未来。以你的阅历来为她铺平前进的道路，阳光大道直接铺到你的怀抱。还是想阶段性胜利之后穿越到五年以后，看影碟快进似的接收你五年前的胜利果实，和五年前的自己交接一下任务，然后你继续大踏步地前进，在奔向美好生活的道路上和自己的意志渐行渐远。

刘小强：五年后，如果我们把时间向后推进五年，那我看到的没名会是什么样子？

田小小：这个，我也不知道，只不过，五年后，你的故事将格外精彩。记着拿着那个2001年的杰士邦，它将是最后让你离开的唯一途径。

刘小强：那五年之后，陆小小在哪？

田小小：你怎么还惦记她？

刘小强：不，我不是惦记，是担心，等到有一天，爱情的火花消失了，她就成了我生命中要捍卫的理想了。你可以说我矫情，你也可以说我固执，但是捍卫的东西不会改变，这不是王英和扈三娘，这是星矢和雅典娜，干干净净，不掺杂任何邪念的守护，她幸福我快乐的守护。

田小小：可是如果你幸福她不快乐呢？

刘小强：难道她没有把我当成真心的朋友细心呵护吗？

田小小：如果你只是一个平衡的砝码呢？你会不会失望？

刘小强：会。

田小小：那没名呢，她在你心中是什么地位？

刘小强：我不知道。

田小小：你穿越回来了，你得到了她的爱情，至少是不谙世事的爱情，没有安全感的爱情，你觉得不够吗？

刘小强：这种爱情没有了十年后的那种嬉笑怒骂中的夹带，细嚼慢咽里品出来的酸甜苦辣。一马平川的青春不堪回首，甜腻腻的爱情禁不起考验。我要的是一个善良、美丽，充满了神秘感、风情万种的没名。

田小小笑了：煮饺子怕馅散了，蒸饺子怕菜老了，想吃又香又滑的热乎乎的入口，您说怎么下锅？

这就是问题的症结所在。

十年后的没名，浓妆艳抹凭栏，香飞十里顶风熏，吹得众人醉。

眼前的没名，玲珑剔透小可人儿，干干净净白纸，任你笔墨横飞。

刘小强明白田小小说什么，按这个思路发展下去，没名同志将继续沿袭着既定方针，努力发展成一个良家妇女的。可是那样的没名还会吸引刘小强的目光了吗？老老实实跪在地板上等着刘小强醉醺醺地回家，给刘小强归置好衣帽跟着说一句：大君你回来了，奴家等了好久了，这就给您热点饭菜，光喝酒了吧，吃点东西，要不然伤胃。

刘小强大手一挥：爷今天心情不好，滚远点。

没名大气不敢出一口，小碎步吧嗒吧嗒走远了，跪在墙角，等刘小强累了，再凑过来捏捏这，按按那。刘小强眯着眼睛斜着瞧一眼没名，没名一身的鸡皮疙瘩。

这样刘小强就觉得幸福了吗？

绝对不会。

刘小强想要什么？

风情，风情才是女人的硬通货！

爱情也是天长地久有时尽，金钱也是千金散尽还复来，一切都是虚的，只有这句风情，你让我主动地追随，这是硬道理。

爱情就是新闻联播，永远是真假掺半，说起来感情充沛，大义凛然，旱涝保收的爱情永远都不存在。

刘小强和没名一样，他们终于都发现自己是缺乏安全感的悲观主义者了。刘小强拉着十年前那个高中生没名的手走在大街上的时候，没名嘻嘻哈哈说笑，用来掩饰自己的害羞。刘小强不怕了，他不再像十年前的自己一样和姑娘在一起走路的时候都要保持距离，以维护自己不为女色所动的形象了。

刘小强再一次牵起没名的手的时候，他觉得冷冷的，他期待已久的东西早已经不复存在。

50

刘小强对爱情的要求太矫情了，他又要求这手摸着要有触电的感觉，又要求触电的同时没名还要有风情万种的仪态来满足他的炫富心态。他握着没名的手，力图感受到那种久违的东西，那种想摸但是却担心唐突，对各种后果有全方位预估的心态。这手摸到了，一巴掌会不会打下来，没名的脸会不会阴下来，含蓄的感情表达会到什么层次，这些都是刘小强需要考虑又有些多余的。知道是开卷考试了，同学们的心态当然就要好很多。

刘小强问田小小：我真想告别这样的感情，难以割舍的感情。这不是我回来要的结果，我这是变相地去占有没名。好，我得到了她的初吻、初夜，等等等等。一切都是新的，可是能怎么样？我会得到那个我认识的没名吗？不是，我得到的是和没名长成一个样子的姑娘。

田小小：那你还想怎么样？

刘小强：前世今生，轰轰烈烈的爱情风雨沧桑，历久弥新。

田小小微笑着问刘小强：想好了回到现实中，不再修改你的所谓遗憾了吗？

刘小强：我想知道，什么是真正的爱情。

田小小：你和没名几辈子的冤孽，拆不开，聚不来，你何苦呢？

刘小强：可总有两个人都满意的一段爱情吧，为了爱情生死相依。你离不开我，我离不开你。生离死别我都能承受，只要我的爱情跌宕起伏，不再像现在这样水到渠成。

田小小笑了：不见棺材不落泪，来来来，你看看我手机里的视频。

刘小强接过手机，瞪大了眼睛看着田小小的手机屏幕。

云山雾海，刘小强发现手机屏幕里电影幕布缓缓张开，一个熟悉的脸庞映在眼前，刘小强分明看见自己梳着侧分头，穿着中山装，手里拿着小红本，跟着喊口号。刘小强喊着：打倒没名，没名不投降，就叫他灭亡！

没名正穿着霞帔凤冠，红粉饰脸，眉飞面俏，皂色底衬的戏服，站在人群围成的圈子中。亭亭玉立，完全没有把人群中传来的呐喊声当回事，依旧是我行我素。

这时，红卫兵打扮的陆小小冲上前来，拎着没名的衣领喝道：快老实交代！

没名冷笑道：你让杨玉环交代什么？交代华清池里春光早吗？

陆小小：女流氓！你这是在和无产阶级专政唱对台戏！

没名：你让我唱什么？垒起七星灶，茶水煮三江，来的都是客，全凭嘴一张？没人伺候你的嗜好！

陆小小震怒，高声喝道：刘小强来了没有？

刘小强顿时紧张，没敢动弹，却被身边的红卫兵夹着胳膊架到阵型中央。

陆小小：她不投降，你投降吗？你是跟着她一起自绝于人民呢，还是认清形势，揭发检举，站在人民这一边，接受组织考验？唱老生唐明皇的刘小强你是想继续你的皇帝老子梦，还是彻底认罪？

刘小强：我投降，我低头，我认罪。

陆小小又转过头去对没名说：看见了吧？他都投降了，他什么都招了，你还有什么可撑的。

没名呆立在队伍的空场中央，刘小强低着头偷偷瞄了一眼没名，只见她眼含热泪，扑簌簌掉落下来，洇湿了戏妆，仿佛脸上流了两行血。

没名：你以为杨玉环就真的爱李隆基吗？马嵬坡前三尺白绫，今天不就摆在面前了吗？

陆小小：可是你哭了，你为刘小强背叛了你的感情哭了，你认输了，你顶不住人民群众的压力了，你还是嘴硬，你还是在坚持你的封建戏霸的黄粱美梦！

没名：杨玉环是哭她自己，跟了一个自己不爱，却连保护自己的勇气都没有的男人。

说着，没名转向刘小强高声喊着：刘小强，记住，你是李隆基，你是北京四九城里顶天立地的李隆基，你是华清池里潇洒倜傥的李隆基。别跪着祈求这些人，没用，你看看我，你看看我是如何唱着这一出绝唱的，你看看我，看看我是如何为这份爱付出的！你如何对得起我！

说罢，没名水袖舒展，身段婀娜，冥冥中锣鼓轻起，西皮二黄节奏鲜明。没名唱道：

海岛冰轮初转腾，
见玉兔，玉兔又早东升。
那冰轮离海岛，
乾坤分外明，
皓月当空，
恰便似嫦娥离月宫，

奴似嫦娥离月宫。
好一似嫦娥下九重，
清清冷落在广寒宫，
啊，广寒宫。
玉石桥斜倚把栏杆靠，
鸳鸯来戏水，
金色鲤鱼在水面朝，
啊，水面朝；
长空雁，雁儿飞，
哎呀雁儿呀，雁儿并飞腾，
闻奴的声音落花荫，
这景色撩人欲醉，
不觉来到百花亭。

红卫兵们本想着要拦住，无奈没名嗓音清雅，四周几百个红卫兵顿时都呆立在那里，俯身倾听。陆小小激动了，她无法容忍自己手下的小将们迷离于靡靡之音中，而且还是一个反动戏霸的靡靡之音！

陆小小：塞住她的嘴，不许让她唱！

没名被几个人塞住了嘴，却死死卧在人群中央，两膝侧着弯曲，腰身扭动，仰卧朝天，兰花指最后一个动作收拢完毕，在刘小强的注视下被挂上写着罪名的牌子，生生拖走，一边走一边回头向刘小强喊道：这就是马嵬坡，你我缘分仅限于此了。杨玉环不欠你李隆基的，你摸摸你的脸，你流了几滴眼泪？

刘小强穿着中山装，汗流浃背，后脊梁骨阴风阵阵。

这天晚上，零落的院子里，没名瞟了一眼刘小强的戏服，黄锦缎面的龙袍，嘴角露出笑意。抖起了三尺白绫，站到了化妆用的四角回勾的木凳上，甩了凳子吊在半空。

刘小强看着田小小的手机屏幕，心里忐忑不安。

田小小：这就是你要的跌宕起伏的爱情，你能承受得住吗？你有那个勇气为了你爱的女人奉献一切吗？你会为你的纯真的感情抵挡一切吗？你不会，你们俩的故事，几辈子的冤孽，不要再和命挣了，你挣不过。

刘小强：那，我为什么不能勇敢地站出来保护没名，就这么看着她走上绝路？

田小小：即使是现在，你不也仅仅就是想得到没名才来的吗？回到十年以后吧，认认真真生活，如果你真的觉得离不开她，那么你就回到五年以后，大学里好好保护她，当好没名的导航员，改变命运的机会也就在于此了。

刘小强：如果我改变不了呢？

田小小：如果你爱她，那么你的目的绝不仅仅是想得到她。

51

刘小强也想问问自己是不是爱没名，亲一个人的嘴，搂一个人的腰这些都不是本质上的难题，本质上的难题是真的当全世界的压力都压在你身上的时候，你还敢大声说出来你的爱吗？

那个唱老生的刘小强为什么没能保护好自己的爱人，那个唱花旦的没名为什么对刘小强的背叛绝望？上辈子的故事俨然如此，这辈子也不给你做好汉的机会。还记得雍和宫成贤街居士的四合院里听到的清唱，那里说：

马嵬坡外夜半时，留三尺白绫，秋风倾城叹宿命。

这不就是为我而唱？

田小小：明白了吧？爱情就是摆在眼前的平平淡淡，没你想的那么矫情，你说你不想占有，你说你不想控制，你又想得到又怕失去，缺少安全感的样子，想让爱情经历些什么，好像浴火重生，凤凰涅槃，镀金了的泥菩萨就变成了金佛。这是真正的爱情，但是你不是真正的你。

刘小强：那我如果是真正的我呢？

田小小：你如果是真正的你，那没名会死吗？李隆基都保护不了杨玉环了，李隆基都不惜用杨玉环的命换取暂时的偷安了，杨玉环还能留恋什么。

刘小强：如果一切重新来过?

田小小：好吧，你看看。

云山雾海，紫气东来。没名霞帔凤袍，浓妆艳抹，被一群人围在中央。刘小强两手被反剪，押在人群的前排。

陆小小走上前去：没名，你投降不投降。

没名：我向谁投降，我向你投降?

陆小小气急败坏：刘小强在哪?

刘小强唱腔拿捏好，应了一声：在此。

陆小小：她不投降，你投降不投降?

刘小强：我向谁投降，我向你投降?

没名在一旁微笑着，眼睛里噙着泪水憋着不让它出来。

陆小小：好，我就成全了你们的爱情，来，捆到一块，让他们俩一起接受人民的审判!

说着，十几个人上来，将没名和刘小强反绑着，绳子打成结，绑在一处。没名扭过头，对刘小强说：李隆基有了这般勇气，杨玉环今天就陪你死在一处了。凤凰涅槃可不可怕?浴火重生何足惧?两个戏痴，下九流里最让人瞧不起的，换来了一辈子的真情，知足了。

刘小强：这就是跌宕起伏中需要的勇敢。好了，我知道了，告诉我，怎么离开现在吧，我要穿越回五年以后，我要得到真正的没名，珍惜她，爱护她。

田小小：你想好了吗?

刘小强点点头，把居士给的2001年的杰士邦递给了田小小：怎么用?

田小小撕开了包装袋，递给刘小强说：吹吧。

刘小强顿时呆傻，问：吹到多大?

田小小：像热气球一样大。

刘小强极其厌恶，接过杰士邦，先用手摸了摸上面的润滑油，鼓足了腮帮子一鼓作气。一口两口，这杰士邦逐渐透明，田小小在一旁窃笑却不喊停。刘小强捏住了，闲出嘴来问：还不够大？

田小小摇摇头。

刘小强十分无奈，只好继续吹着。直到腮帮子都已经酸痛，慢慢失去了知觉，田小小才在一旁说道：可以了。

这时候刘小强已经说不出话来了，腮帮子隐隐作痛。眼前的杰士邦已经变成了硕大无比的热气球，就像凡尔纳小说里那个众人逃离南方军法场的工具，在刘小强手里跃跃欲试，亟待升空。

田小小帮着刘小强在吹气口打了一个活扣，告诉刘小强：飞吧，一直到你见着沈阳城的灯塔，你再放手慢慢放气，你就到了2004 年的沈阳了。

2004 年，这是一个多么陌生的概念，这个概念包括鞠萍姐姐和金龟子告别了我们的视线，非典型性肺炎让信息公开化，试图隐藏住事件的发展而躲避舆论的官员下野。这个国家一步步走向开化，这绝对不是一个人两只手就能控制得了的，冥冥中世界被一个价值取向同化。那个起点，在中国人眼里，就是2003 年的非典。

那是巨大的牺牲，换来的天大的好事。

从这一年起，愤青逐渐减少，刘小强不再傻乎乎地单恋着陆小小。从这一年起，没名遇到了切诺基，没名发现本应该让自己兴奋的东西等到摆在眼前时，自己却无比冷漠。从那一年起，刘小强和没名，一起衰老。

刘小强对田小小说：2004 年，谁是我的联系人？

田小小：陈小南。

刘小强：怎么是他？他自己还没活明白呢。

田小小：我就活明白了吗？谁没有一笔烂账？赶紧把你送走，我这边自己还得改我自己的青春成绩单呢。

刘小强：你有什么可后悔的？

田小小：有遗憾的机会，就人人都会遗憾。这是手机，到了地方，陈小南会联系你的。

说罢，田小小一挥手，刘小强握着杰士邦变成的热气球瞬间升空。刘小强吓得赶紧握紧，跟随着热气球冲破云层，直奔平流层。刘小强就这么被吊在热气球上，呼吸已经很困难，飞了有十分钟，只听见手机响，刘小强哪有心思接电话，两只手牢牢握在杰士邦上，电话想了半天，刘小强还是不敢接。电话就在兜里滴滴答答唱着，刘小强明知是陈小南的电话可就是不敢撒手。可眼瞧着这么僵持着不是个事，只好腾出一只手来，接了电话。

陈小南：你怎么不接电话？

刘小强：我怕掉下来。

陈小南：赶紧松手，掉下来，你死不了。

刘小强：你确定？

陈小南：佛祖给你上保险了。

刘小强：人死了，上保险有什么用？

陈小南：你再不下来，我就给你打下来了啊。

刘小强急了：天上挂着的可不是你了，我这就松手了，我告诉你，我要是死了，变成鬼也不会饶了你的。

说着，刘小强松手了，杰士邦泄了气，带着刘小强从高空一路下降，一直到陈小南眼前，刘小强缓缓着地。

陈小南：你迟到了。

刘小强：那能怪我吗？

陈小南：你迟到了，不怪你，可是没名现在已经和切诺基认识上了。

刘小强：我就晚那么一会！

陈小南：天上一日，地上一年。

刘小强：他们有事实没有？我得赶在他们有事实之前拦住他们！

陈小南：应该在午夜阳光酒吧里坐着聊天呢，也或者在别的地方厮混呢。不过你放心，五年前你和没名的爱情还在延续，现在你没有前任跆拳道教练和马萧萧，你的对手只有切诺基。没名同志天真无暇，暂时还上不了贼船。

刘小强一颗易碎的心渐渐愈合，心想这还差不多。

告别了陈小南，刘小强一分钟也没闲着，一路打了出租车，直奔午夜阳光。得嘞，爷打今天起，就当上午夜阳光的门卫了，我就在这守着，我就不信，逮不着没名和切诺基。

有史为证：

自古痴情出少年，感情来了惹人烦。

52

于是，刘小强就这么蹲在了午夜阳光的门口，苦苦等待没名和切诺基出双入对的身影。如果见到了，该怎么办呢？刘小强苦思冥想，最后总结了这么几种办法：

一、指着切诺基的鼻子大骂。

二、拎着切诺基脖领子一顿暴打。

三、最简单也最实用的办法，上去一句话：我是没名男朋友。

刘小强想到第三条，他乐了。如果按着第一次穿越的结果计算，那么现在他和没名同志的感情已经维系四年多了。根深蒂固，藕断丝连。刘小强就这么蹲着，他就认准了不到黄河不死心了。

这时候，刘小强的电话响了，他看了来电显示，居然是陆小小同志打来的。

陆小小：在哪呢？

刘小强：外面蹲着乘凉呢。

陆小小：和谁乘凉呢？

刘小强：一个人啊。

陆小小：嗯，那我睡了，你也早点回去睡。

刘小强一问一答就这么过去了，自己脑子里都迷迷糊糊，陆小小为什么会给我打电话？我和她没瓜葛了啊？仔细想想，越想越觉得不对，扭头就给陈小南打电话：怎么回事？陆小小怎么给我打电话了？

陈小南笑笑：忘了跟你说了，这个方程式是这样的。你想改变没名，那么你的世界也会随之改变。你和没名在高一勾搭上了，阳春面和小银鱼发生了不该发生的故事，一年后形同陌路。那么小霸王也没能追上阳春面，继而小霸王看上了陆小小，放学路上没少堵在校门外把住陆小小的自行车不让她回家。菜小芯没能高攀上小银鱼，于是只好下嫁余小翎。天下太平，诸神归位。可是被堵在校门口的陆小小偶然被你看到，你就冲上去演了一出英雄救美来着。然后你来我往，陆小小这根线就算搭上了。什么叫蝴蝶效应，这就是啊，南美丛林里一个蝴蝶扇动翅膀，那就能让北美大陆挂起暴风。

刘小强：那没名呢？

陈小南：一起搭着啊。他们俩一个在沈阳，一个在天津，撞不了车。陆小小毕业以后还要去北京读博，正好离你近。红玫瑰和白玫瑰，都种进了你们家菜园子，别人想都不敢想的事，你紧张什么？

刘小强被陈小南气得半天都没言语，红了脸说了一句：其实我本质上不这样。

陈小南乐了：你别跟我谈本质，咱们都这样，吃着碗里瞧着锅里，陆小小给你你不要？

刘小强电话这头捏了一把汗：要。

陈小南：这不结了，白给的好处没有不要的。你呢，眼下先把没名从切诺基手里夺过来，两个人都攥在手里比较一下，再决定也不迟啊。

刘小强挂断了电话，他觉得陈小南这么说简直就是把自己的心声写成演讲稿大庭广众之下愣给朗读出来了，隐私被揭穿，这是让刘小强很不爽的事。他本想着现在憋足了劲，一会遇到没名和切诺基勾肩搭背从自己身边经过的时候，挥拳搂切诺基一下的，现在这点勇气也被陈小南的话给泄了。

如果陆小小回心转意，接了爷这单，那爷还有必要苦苦追求着没名吗？刘小强这么想，又突然觉得这是在骑墙。2004 年的沈阳，那时候刘小强还坚信爱情的力量压倒一切。他对爱情的要求极其纯洁，他对友谊的要求充满洁癖。刘小强明白了，自己这么矫情地跑到十年前，又从十年前跑到五年前，那不是感情洁癖是什么？走了这么远的冤枉路，还真就不如买一张机票去上海把静安寺小阁楼里的没名抱在怀里，轻轻地送上一吻，两个人安安静静地在事业上奋斗，寻找自己价值所在来得实际。

问题是，刘小强需要没名装成一个需要归宿的职业女性向家庭妇女过渡这么一个角色，而没名却不希望刘小强表演已经厌倦平淡，到处寻花问柳以满足自己好奇心的七年之痒的心态。

毕竟，十年后，那是他们真正开始的爱情。

没名出现了，刘小强蹲在午夜阳光酒吧外的台阶上一个星期后，没名才终于和切诺基开着车出现到了午夜阳光的门口。

刘小强这时候已经发誓将等待进行到底了，饿了买个面包，渴了买瓶矿泉水，困了就睡在台阶上。好在是夏天，午夜阳光的服务生也瞧着这孩子可怜，客人吃剩的果盘都拿来送给刘小强。2004 年，兜里没钱的刘小强强忍怒火，吃吧，挺住这最困难的时候。总之，他的目的就是等待没名，拦住他进入切诺基的虎口。一个星期，刘小强和乞丐已经差不多了，他一个箭步冲到没名面前。

刘小强：这男的是谁？

没名：朋友。

切诺基：这要饭的是谁？

没名：男朋友。

这种时候就不用讲什么民族大义了，刘小强也不可能凭空编出来跆拳道教练或者马萧萧如何如何了。现在的情况是本来自己是前锋杀到对方禁区准备攻门的。可是对方后卫突然大脚解围，直传到前场，对方前锋吊射破门了。刘小强要理清思路：没名为什么会认识切诺基？蝴蝶效应原理应该可以决定，没名既然和自己走到一块，她就不一样再走原来的老路，既然不认识之前那两位，为什么单单又和切诺基搭上了。

刘小强心里想问一句：你们搞过了吗？

这句话的逻辑是这样的，刘小强手里捏着的2001年的杰士邦用明确的答复告诉刘小强，没名如果已经和切诺基搞过了，那么刘小强就可以在悲愤之余，再次吹起热气球，然后快退几个月，来一切再次穿越。可是这话问不出来，刘小强不敢确定。

那句话在心里憋了半天，刘小强最后折中问了一句：你们认识多久了？

没名：我们认识多久了，你自己消失了多久了你知道吗？你不是有好几个姑娘身边挂着呢吗？还惦记着来找我，良心发现了？

刘小强顿时被没名的话说得不知所以，他突然明白了，现在的自己是脚踏两只船的混蛋刘小强，再不是为了没名千里迢迢哭坏了长城的怨妇刘小强。

这是不值得同情的。

刘小强：我都在这该死的午夜阳光外面等你一个星期了，你凭什么说我挂着别的姑娘？你看看我现在都成什么样了？警察见了我都觉得我可怜，非要把我拉上警车送回家，要不是我有学生证，我说我就要在这等我女朋友，我没精神病，我和我女朋友走散了，她会来这里找我的，你以为我还会在这跟个要饭的一样吗？

没名默不作声。

切诺基看明白了，他想拉着没名上车，没名执拗地甩开了他的手。

刘小强盯着切诺基拉着没名的手：手手手，你的手往哪放呢？

切诺基笑了：年轻人，不用冲动。

刘小强也笑了：我不冲动，你不就有个女儿，四岁了，天天你都得开车送她回家吗？你家里有媳妇，外面勾搭小姑娘，来点刺激找点平衡，你有什么资格站在这跟我说话？

切诺基愣在那：你怎么知道？

刘小强：我怎么知道？我仙人跳，我这敲诈勒索呢！

没名也没含糊，听了刘小强说这话，上来就是一巴掌：王八蛋你说谁呢？

刘小强捂着脸：我说他呢！

没名：拐着弯骂人，你以为我听不出来啊。

没名转过身去问切诺基：怎么，你还有个女儿？

切诺基把脸一沉：领养的。

没名笑着问：你还有个媳妇，总不至于也是领养的吧？

没名没打切诺基，只是回头拉着刘小强的手说：咱们走吧，我错了。

这话刘小强听到了无比温暖，坦白说，刘小强很不希望没名在这个场合打切诺基一巴掌，因为这巴掌打出去就证明刘小强又一次迟到了。但是刘小强又没法问：你们到底搞过没有？

搞过怎么样，没搞又能怎么样？事情就是这样。

没名把刘小强拉到市中心不远的一处桥上，借着月光，没名看着好几天都没顾得上洗脸的刘小强：你还爱我吗？

刘小强没等没名说完：爱。

没名：那如果我已经属于别人了呢？

刘小强沉默了，晚了，彻底晚了，可是话还是要说：那只是表象，你是我的女人，永远都是。

刘小强突然觉得释怀了，他从没名走出自己的二手日产扔给自己一句“你的身体不属于你”那天起，就一直在想：自己要的是没名的历史吗？不是，他要的是一个完完整整的没名。

没名：不用自己给自己上课了，死小子，丫头我生是你的人，死是你的死人。

刘小强转忧为喜，他觉得没名不会对自己说谎，可是他又是在弄不清楚事情的原委。把没名送到了大学寝室楼下，刘小强就约了陈小南。

刘小强：快说说，到底怎么回事。

陈小南微微一笑：事情是这样的，过去这五年，是经济快速发展的五年，是我国人民生活水平加速上升的五年，是科学技术发展飞速进步的五年。在这五年里，我国的手机用户超过了三亿，国民生产总值以每年百分之十的速度增长，就业率稳定，失业率下降，各族人民安居乐业，国内国际形势大好。

刘小强：滚滚滚，说正题。

陈小南：您自打上了大学，就觉得没名这种安分守已的性格不符合您的胃口了，于是您就打算换个胃口好好尝尝。嗨，巧了，正巧遇着陆小小回心转意，我说什么来着？蝴蝶效应，总之就是各种环境相互刺激吧，你们俩就算是勾搭上了。可是没名不傻啊，她是清清楚楚，您呢，也是明目张胆。总之那德行就跟你和五年后那个舒拉斯混一样，要多气人有多气人。这不，正巧了，没名也见着你回心转意了，你们俩这也又青梅竹马了，中间插足的切诺基无功而返了，才子佳人的戏码又上台了，你还有什么不满意的？

刘小强：哦，原来我这么操蛋，怪不得。不，这都是谁编的啊，凭什么我就非得脚踩两只船啊？

陈小南：呦，您就别在我这卖乖了，这是佛祖根据你内心的阴暗面，找了好几个数学家算出来的，错不了。你老实交代，我不给你往外传，你给我说说，心里怎么想的？

刘小强脑海里顿时回想气 08 年初在上海飞往天津的航班上，那个天津人的话：男人都想养着百灵鸟，宠着着金丝雀，吃着天鹅肉，偶尔还盯两眼鹌鹑蛋。不是你的赶紧放生，是你的死死夹住。煮熟的鸭子不能飞，可是你也得看着自己肚子下筷子不是？

刘小强：要是法律不管，我早就……

陈小南：你已经这样啦。

53

刘小强纠结其中。

上网的时候，班级群里还能见到小银鱼发黑的头像，他们怎么样了呢？高考的时候，小银鱼还是报考了他一直向往的四川，阳春面去了北京。刘小强记得阳春面那句撕心裂肺的问句：你就是这样爱我的吗？

相爱的人由爱到恨，其实也并不难。

刘小强收到了田小小发来的快递，打开快递包，一个 DVD 光盘，放到光驱里，整个画面就全都变成了电影，一个个熟悉的面孔摆在眼前。刘小强抱着台式机的显示器躲在角落里，生怕被人看到。寝室老六大声说：三哥，看黄片以前可都是大家一起欣赏的啊，怎么这回吃独食啊，难道说是私藏的犯罪记录？

刘小强没回答，他还是仔细看着画面里的小银鱼，还有他心心念念的阳春面。

画面切换，音乐开始，小银鱼作为第一视角站在屏幕前。画面里阳春面站在不远处，两行热泪。

阳春面：为什么要分手？

小银鱼：你别这样，我们当时都年轻，都不懂事。

阳春面：你现在不爱我了吗？

小银鱼：我们不能因为爱情就强加给自己压力，不是吗？

阳春面：在我眼里，一直以为爱情就是美丽的花朵，没想到有一天，爱情也会成为武器。让人丧心病狂，让人痴心妄想，让人苦苦追寻，又让人始乱终弃的武器。

小银鱼：我就要离开了。

阳春面：在你眼里，什么都没有你自己重要。我说了我可以为了你等，我可以放弃一切，我可以重新再考一年，我可以为了你去四川。怎么样都行，任何疯狂的举动我都可以做出来。

小银鱼：没有必要这样。

阳春面：可是相隔两地就是分手的理由吗？

小银鱼：我只是说，没有必要这么为难自己。

阳春面摸了摸脸上的泪水，她全都明白了，她的眼神从期盼转换到冷峻和坚强看来也就是一两秒钟的事了。

阳春面：我知道了，我明白了，从今天起，你不认识我，我不认识你。我们形同陌路吧！

这就是刘小强替小银鱼找到的答案。这种段子各种高中各种大学里比比皆是，让人读来或者看来都已经俗不可耐了。可是明摆在眼前的另一种过往，又何尝不是最好的选择呢？懦弱的小银鱼用一生去祈祷他曾经深爱着的女人生活幸福，难道在别人怀里享受生活的阳春面就不会感到温暖吗？

现在，没有诅咒，都成了奢求，只求时间一点点冲淡。

田小小阴冷的表情就在眼前浮现：知道错了吧？自作聪明。这世界上没你想的那么简单的事。天天叫嚷着遗憾遗憾，说白了你最大的遗憾不就是没能脚踏两只船嘛。欲望，自私，在别人身上你就无限制地谩骂抨击，到你自己身上那就是怡情小雅，呸，臭不要脸。

陈小南的声音：别听她的，她说话就是太刻薄，不过我倒劝你，没有必要。何必非要穿越回来寻找你要的东西。你仔细想想，你要的是你想要的吗？

刘小强不以为然。

星期天，没名躺在寝室床上给刘小强打电话，刘小强在电话那头应着。

没名：可能是得病了，有点不舒服。

刘小强：那你别动了，想吃什么告诉我一声，我这就去看你。

拎着超市里买来的东西，刘小强走进没名的宿舍。没名躺在床上，两条腿翘在椅子上，朝着刘小强笑：挺快的嘛，刚放下电话没多久就过来了。

刘小强知道没名这又是耍赖了，根本没什么病，无非就是想调动一下自己，可是机会既然来了，趁机行动也是必然的。

刘小强：宿舍里其他人呢？

没名：周末，都回家了。

刘小强一脸坏笑：你怎么不回家呢？

没名搂住了刘小强：死小子，你说呢？

既然人家姑娘都主动搂上来了，咱也别闲着啦。刘小强上前亲了没名一口，可总觉得不对味儿，咋了咋舌，还是品不出来哪不对路了。按说应该有激情啊，应该紧张啊，应该有期盼已久的东西突然送上门来的欣喜啊。血流也不加快了，心跳依旧正常，这哪是谈恋爱啊，花粉受精也不过如此了。

没名把刘小强托开了半尺远，也想了半天，就问：品什么呢？

刘小强：总觉得差了点味道。

没名突然之间笑声肆意，刘小强熟悉的声音犹如天籁一般响彻四方：爷，哪的味儿不对啊？

刘小强顿时明白过来了：对，就是这个味儿。以后每句话前面加上一个爷！

没名：呦，爷，您的要求可真高啊。

刘小强：嗯，好，爷这就来了。

刘小强久违的东西突然涌上心头，那个古灵精怪的没名仿佛走失后又找回来，重拾的亦真亦幻，难以取舍。

刘小强和没名，就在宿舍的铁板床上，就像两个人身上一个藏着钱，一个藏着欠条似的相互脱着衣服。如饥似渴，扯断了多少个纽扣，打在地上叮叮当当清脆的响声。脱干净了，白花花一片。刘小强打小就是看《金瓶梅》当青春期启蒙教材的，轻车熟路。

刘小强：准备好了吗？

没名：准备好了。

刘小强：老头子他又错了。

没名：没错。

刘小强：错，错，错，我媳妇说准备好了吗，你也得说准备好了吗。

没名：这就开始了啊。

刘小强：好吧。

没名：你怎么不往下对台词了？

刘小强：你都说开始了，我还不开始？

刘小强刚一开始，没名就咬住刘小强的肩膀了。

刘小强：你咬我干吗？

没名：我咬你是想让你知道，你有多疼，我就有多疼。

刘小强：那你舍得咬疼我吗？

没名摇摇头。

刘小强：那我也舍不得让你也疼。

没名又摇摇头。

好吧，军令如山，开始吧。

山，快马加鞭未下鞍。惊回首，离天三尺三。
山，倒海翻江卷巨澜。奔腾急，万马战犹酣。
山，刺破青天锷未残。天欲堕，赖以拄其间。

好词！

心满意足的刘小强低下头看了看自己肩膀上的牙印，搂着依靠在怀里的没名，看着她，笑靥如花。

刘小强心想：可不可以让这五年就这么过去呢？

54

没名躺在刘小强的臂弯，她凝视着刘小强，心里依旧怀念着的，却不是他。切诺基不会给自己太多东西，这一点没名知道，可是切诺基给予的宠爱，又是刘小强给予不了的。

的确，这个时候的刘小强，还只是个小男生。

刘小强搂着没名，他又哪里是在回味。就好比煮熟了的整块肉自以为熟透了，吃了大半盘子了，发现肉中间还夹生带着血丝，一时间腥臊怪味全都涌上来了，可是好歹熟肉的确是熟了，不至于反胃。眼里看的明明是半生不熟，嘴里吃的却是美味佳肴，这就是穿越惹的祸。

陈小南叫着刘小强出来见面，看着心满意足、满面红光的刘小强说：遗憾也弥补完了，姑娘你也骗到手了，是不是该传回去该干吗干吗去吧。

刘小强：是该回去了，公司里一堆事等着我干呢。

陈小南：就不怕回去之后又想着念着的?

刘小强：不是回去了她就是我的人了吗?

陈小南：那你就错了，说了好几次了，蝴蝶效应蝴蝶效应。你选择了一个新的答案，旁人就不能选别的答案吗？大千世界芸芸众生，一个挤兑一个，转了一圈到你头上，那千里姻缘一线牵的好事可能就落空了。相逢对面不相识的悲剧说不定他就变成有缘千里来相会。人世间机缘巧合，你我算不清楚的。两年以后，你大学毕业，没名也会觉得你就是一个没出息的爷们，让你老老实实回家本本分分生活，你不愿意。非要在北京地下室里拖累着所有人的神经。甭说是没名，换成任何女人，都受不了你这样。

刘小强用脚丫子都能想明白没名两三年以后劝解自己的话，那时候刘小强依旧会决定在安定门外的地下室拉着没名一同北漂，然后每天挤着公交去北影厂集合，隔三差五再去横店或者长春的外景地出差，平时的安家补助四百块钱。没名会和刘小强的前女友一样，指着地下室床铺上发霉了的棉被说：你知不知道现在猪肉都多少钱一斤了？你知不知道我就跟你住这地下室，身上长了皮疹，天天见不着阳光跟一帮打工仔挤地下室，夜里耳朵里都是四邻的哼哼唧唧，呻吟、嚎叫、说唱。鼻子里闻的都是发霉的味道，厕所的臊味儿，堆起来衣服的臭味儿。墙角门边青苔泛滥，走出屋子的时候就感觉重新回到世界的怀抱一样，这日子姐能受。可是，你换成任何一个女人，会守着你这样的男人过一辈子吗？难道希望就是要陪着你在地下室里暗无天日等待黎明吗？你要是天刚拂晓，太阳的鱼肚白露出来了，姐也可以等，可是你这是三更天，长夜漫漫，谁能跟着你受这份苦？

刘小强坐在地下室的床上，低着头，一言不发。

没名又接着说：我不指望你赚大钱，我也不指望你多有能耐，可是你不要为了一点点的希望就拿别人的人生当赌注行吗？好，要是一般的赌博，赌大小也就罢了，姐陪着你赌。再不济，俄罗斯轮盘六选一，姐豁出去也陪着你拼了。你这简直就是拿别人的心血买彩票你知道吗？

刘小强知道，这种时候，他只能一言不发。他将在地下室里度过两年艰难的开局，在营顶炮架好，马前卒支上的时候，他才有权力对没名说：我可以给你很好的生活。

但是，谁会有那个耐心呢？

那将是又一次考试不及格，只不过卷纸从 A 卷换成了 B 卷，难度是一样的，不及格的命运也是注定的。她们不了解刘小强，在这一点上任何人都不会理解刘小强，她们不知道刘小强好端端地到北京来住地下室跟剧组的目的是什么，这目的背后藏着的刘小强的深谋远虑是什么，梦想就必须要有付出，这是佛祖定下的规矩。无论是圣经、古兰经还是金刚经都有这个规矩。即使没有老大，刘小强也会等到走出地下室的那一天，因为老大的存在，刘小强等来这一天的路途变得不那么遥远。

刘小强审视着眼前的没名，她和五年前不一样了，她和五年后也不一样。五年前的没名至少还相信爱情，觉得爱情是那么新鲜可爱。五年后的没名至少还觉得刘小强是兜里的糖，体贴温暖。现在，眼前的没名，仿佛在用初夜来考验刘小强。刘小强发现自己在身份上变成了没名嘴里那个瞬间发动机熄火的切诺基，坐在床沿嘴里喃喃出一句：我有个女儿，今年四岁了。

可是没名真的爱刘小强吗？

不！

我们的爱都已经走丢了，即使原路返回，重新拾起，也早已经失去了温度。

没名把刘小强当成了那个跆拳道教练，当成了马萧萧，当成了切诺基，这三个人的综合体集合成眼前的刘小强，对自己的控制欲、探索欲以及肉欲。没名无法感受到刘小强的爱，无论刘小强如何歇斯底里，那都是表演。《月亮和六便士》，没名的父亲，早已经把没名的希望带走了。

于是刘小强又开始怀念起陆小小，那种聪明、稳重、不失开朗的女生形象。她也许才真的是自己一直想要的女人呢？

可是五年之后，还是那个钟鼓楼下的南边咖啡厅，刘小强一脸调笑地对着陆小小说：赶紧找个男朋友吧。

陆小小：暂时还没有合适的。

一个月后，陆小小带着自己的未婚夫参加了阳春面的婚礼，对着大家说已经和这个二世祖相处半年了。

这下大家都明白了吧？订婚不是刘小强哭泣的理由，他在用一种无厘头的眼泪来祭奠一个曾经他认为无比高尚的形象瞬间倒塌。刘小强承认他的感情分外矫情，他对友谊有着超乎寻常的洁癖，如果你没把我当成朋友，而我对此付出了感情，那么，请你消失吧。

什么是最大的悲哀莫过于心死？现在我们开始《开心辞典》第二期特别节目。在上一期节目里，选手没能答出没名的死穴是谁，结果痛失大奖，十分可惜。现在我们开始。

刘小强和没名在一起的目的是什么？找到失去的爱情。

凑合答对。

没名和刘小强在一起的原因是什么？被花言巧语哄骗。

只能说占主导地位，好吧，算你答对。

刘小强对陆小小失望的原因有爱情因素吗？没有。

回答错误，你太高看刘小强了。

刘小强走在2004年沈阳的大街上。那一年，《宪法》修正案通过人大决议规定了国家要对个人权利的尊重和保护。结婚检查不用再检查处女膜是否完整了，离婚开始变得不那么漫长而痛苦，两口子不用在街道、社区以及双方领导的艰苦斡旋失败后才能拿到离婚协议书。那一年，一个云南的大学生用建筑工具了结了寝室哥几个的恩怨，把大伙大卸八块扔到衣柜里，一度让大学寝室关系成为敏感的话题。很多平时被欺负的学生得到启发开始在寝室里磨剪子表达不满，引起恐慌。那一年，陈水扁学着叛徒王连举一样给了自己一枪，进而当上了总统。那一年，法国关闭了最后一个煤矿，从此以后过上了山清水秀的后帝国主义时代生活。那一年，刘翔跑出了世界纪录，坐在记分牌上看着红旗招展，他不曾想到，四年后的那个中午，自己咧着嘴离开鸟巢跑道时的模样。那一年，刘小强还在大学校园里和姑娘们你侬我侬，忙得不亦乐乎。那一年，没名和切诺基在午夜阳光里相遇，激情之后听到了那句经典台词。

明明只有五年，为何恍如隔世？这是在中国，时间过得很漫长。

当一个人回首往事时，不因虚度年华而悔恨，也不因碌碌无为而羞愧；这样，在他临死的时候，能够说，我把整个生命和全部精力都献给了人生最宝贵的事业——为人类的解放而奋斗。

——奥斯特洛夫斯基

55

刘小强走在大街上，那是2004年的沈阳大街。说起来仅仅是嘴边的一句五年前，可是那是遥远的五年前。五年前，南方周末还会很犀利地评论着草根阶层争取自己权利和尊严的过程。五年前，SARS促使公共安全成为新闻自由度提高的引由。五年前，十五计划还在中国人民的辛勤劳作中继续进行。五年前，仿佛我们身边的一切都那么和谐。

未来永远姗姗来迟，现实总是转瞬即逝，只有那些过往依旧。

——席勒

刘小强和没名在2004年第二次穿越之后的爱情不温不火，大失所望。他所希望的是萍水相逢的感觉，忽如一夜春风来的冲动，千树万树梨花开的结果。然而一切都变成了我昨天晚上煮开了的米，今天早上热一热的粥。

那不是刘小强想要的。

刘小强该做什么呢？他该去找哎呀呀，他该去找安小如，他该去找那些他曾经玩过浪漫的姑娘一一解释？他要告诉她们他已经活明白了，过去的游戏不敢珍惜，今天的故事有似曾相识。

错误的时间遇到了正确的人，一声叹息就这么草率地谢幕。

正确的时间遇到的错误的人，一场故事就这么悲壮地开始。

刘小强走在校园里，他清楚地看到安小如抱着书走向图书馆，两个人相逢不相识，擦肩而过。他是多么想冲向安小如，向她解释，安定门外地下室的那两年，自己是如何对不起她的。可是，刘小强突然想到了，这是一切都没有发生过的 2004 年。

刘小强就这么盯着安小如，目不转睛，一直到安小如从自己身边走过。那个姑娘一直躲避着刘小强的眼神，总是侧着头转向刘小强的反方向四十五度。清秀的面容，白色的连衣裙，典型的白衣飘飘的年代。那是高晓松那代人里的青春幻想，也是刘小强这种人的青春追尾。

刘小强停下脚步，就这么盯着安小如的背影。安小如也觉得这傻小子瞧自己的表情太可爱了，走出了十几米，竟又回头看了看刘小强，那眼神里带着俏皮，嘴角轻扬，似笑非笑。

刘小强也回应着笑了笑。

安小如：你看什么呢？

刘小强：我觉得你像我以前一女朋友。

安小如：你这搭讪也太没水平了吧。

刘小强：话到嘴边说不出来了。

安小如从小笔记本里撕下一张纸，写了一排数字：这是我电话。

刘小强看都没看，直接背着说：我知道你电话。

安小如很惊讶，马上抢回了自己的纸条，将信将疑地问：那你背给我听。

刘小强一直记着，那个电话号码刘小强一辈子都忘不了，他轻轻地背下了安小如的电话号码。安小如更惊讶了，可是她却突然笑起来，安小如觉得，这个男生已经关注自己很久了。这是很多女孩子乐于看到的。

刘小强此刻心里很矛盾，他不想再和安小如发生任何故事了，那些过往早已经物是人非事事休。刘小强没有继续说下去，他转身离开，他害怕和安小如过多的接触让本来已经很乱的世界更加复杂。

安小如在刘小强背后喃喃道：喜欢就直说嘛，一点都不大气。

刘小强扪心自问：这不就是我当年要娶的女人吗？她也许没有陆小小聪明，但是她要比陆小小善良。她也许没有没名漂亮，但是她要比没名实际。安小如一步步稳扎稳打，就是为了和刘小强一起去北京发展，放弃了很好的工作机会。是刘小强让人家跟着自己住了两年的地下室，是刘小强最后送走了安小如离开自己，是刘小强看着安小如留着眼泪成为了别人的新娘。

此情此景，一生不可再出其右。

刘小强留着眼泪背对着安小如，一步步离开，走出一百多米，才回头看看。安小如没有站在原处，而是也给刘小强留下背影，慢慢继续她的路线。可是刘小强发现，她最多也就走了十几米。时间给了刘小强九十多米的机会回头去拥抱安小如，她在给刘小强机会，敞开心扉接受爱情的机会，刘小强没敢回头。

前生五百次的回眸，换来下辈子半生的冤孽。

刘小强还是在校园里走着，思绪万千。不知不觉走到游泳馆，几十个人在游泳池里嬉闹，十几个人坐在看台上。于是他随便找个位置坐下，他的目的不是看，而是找个没人关注的地方仔细回味。前排一个姑娘爽朗的笑声打断了回忆，哎呀呀大笑着扭过头，看着刘小强，好像觉得很眼熟，又没有任何表情上的变化，转身把头埋进了一个小伙子的怀抱。

刘小强崩溃了，他被时间彻底游戏，他思想感情的潮水放纵奔流着。他想把眼前看到的一切都告诉没名。但是他最急于告诉没名的，是他穿越两次的内心活动。这就是，他越来越明白谁才是他最爱的人。

亲爱的姑娘们，当陆小小和她的二世祖离开祖国远赴澳大利亚开采前线的时候，当安小如走在马路上和刘小强相逢陌路使刘小强不敢有任何瓜葛的时候，当没名和刘小强青梅竹马却突然感觉平平淡淡渐行渐远的时候，当哎呀呀不再那么矫情成为别人女朋友的时候，刘小强会觉得自己正在幸福之中吗？很多人都会说：这些姑娘过着很平淡的幸福生活啊。可是，穿越回来的刘小强知道。这些姑娘现在的生活又多么难得，却永远是可遇不可求，请认识到这是一种幸福吧。

刘小强拨通了陈小南的电话，沈阳中山广场主席雕塑下见面。

陈小南如约而至，刘小强开门见山：让我回到五年以后吧。

陈小南：你是要哪个版本的五年以后。

刘小强：我要原版的五年以后，没有修改的五年以后，就是我踏入雍和宫成贤街老宅子大门那一刻之前的五年以后。

陈小南：那第一次穿越的1.1版，还有现在的这个1.2版呢？

刘小强：BUG太多，受不了。

陈小南：想好了回去去上海找没名？

刘小强：我知道自己哪错了，我就是太矫情，很多很简单的事情在我眼里变成了太矫情的故事了。

陈小南：你决定了就好。

刘小强：可是我怎么回去？

陈小南：居士给了你几个2001年的杰士邦？

刘小强：就给了我一个啊。

陈小南：这怎么办，我也没有多余的啊。

刘小强：这是什么意思？是不是说，我就得老老实实选择停在2004年，然后慢慢悠悠捱到2009年？

陈小南：理论上讲是这样的，一个杰士邦只能用一次，但是两个杰士邦就可以用三次，这个道理你明白吗？

陈小南说的这是业内人士才明白的荤段子，用数字1和2分别代表杰士邦的正反面，就会出现1、1+1、1+2这几种组合，经济实惠，童叟无欺。可是现在的情况是刘小强压根就没有备用的第二个杰士邦，去哪来搞第三次穿越？

刘小强：没时间跟你玩黄色智力题，你赶紧给我找到能穿越的杰士邦。

陈小南：你等等，我打电话问问居士。

陈小南掏出手机，播了二十多个米字键，放到耳边：喂，居士吗？刘小强现在后悔了，要回到五年以后，当作什么都没发生，您看这事怎么办？

居士的声音隐隐可以听到：那怎么办？他现在是在2004年，去哪找2001年的杰士邦去？早过期了。不过只要是2001年的杰士邦就能行，我当时发功是针对整个2001年杰士邦公司的产品的，同类产品都能行。

陈小南：那到底是什么型号的，什么香味的，是香蕉还是草莓？

居士：都不是，是冰火，你要找到2001年杰士邦公司生产的冰火型，他才能穿越回来，切记，一定要冰火才行！

电话挂了。

太欺负人了，想回到自己的生活还必须要找到三年前的避孕套，而且还得是冰火型号。那是在保守的2004年，去哪找冰火？

刘小强和陈小南焦急万分。这时脑海里闪出一个人，刘小强觉得这个人一定能帮自己，而且，他手里一定会有2001年的杰士邦，而且肯定也有冰火。

刘小强坐上了大巴车，他知道，他必须要找到这个人，才有希望回到现实生活中。陈小南已经同步去了沈阳的杰士邦分公司，杰士邦在这一点上还是很值得大家信任的，2001 年的杰士邦早已经销毁，过期产品据说都卖到日本做口香糖去了。

于是，刘小强硬着头皮找到了大飞。

大飞是否还记得刘小强，这是一个很难回答的问题。如果在没有穿越的十年前的世界里，大飞恐怕眼下最想见到的人就是刘小强，可是在穿越后的那个五年前，是刘小强出卖了大飞，虽然刘小强没有承认，但是大家都是心知肚明。

他见到刘小强的时候，表情淡漠。刘小强看了都想骂他，心说爷当年为了你命都豁出去了，不就因为爷穿越以后不想再看到你如此这般嘛。可是你凭什么现在就用这种眼神对我？

刘小强：兄弟，求你个忙，很急。

大飞：哎哟，稀客啊，你不是一直都瞧不起我这种人嘛，怎么还来我这找我。

刘小强：兄弟，我真没时间跟你打哈哈，十万火急！

大飞：五年了，咱哥俩都没联系过了吧？什么事都先放下吧，给我个面子，晚上喝酒去，我做东。有些话，我还真想和你好好聊聊，聊开了最好。

刘小强很着急，他知道大飞现在想问的是什么，无非就是五年前商贸大厦后街的那场殴斗，为什么还没有开始就变成了警察的围歼战。可是要不要给大飞解释，如何向他说清楚他这么干的目的，如何说清楚如果不这么干的话，现在哪怕是未来五年，你大飞都要在大北监狱里好好反省。那何必呢？怎么可能说清楚呢，于是刘小强心平气和：我对天发誓，不是我出卖的你，否则现在就被雷劈死。其他的话，咱们以后再说。

刘小强说这话的时候，看了看天。佛祖没有劈他，这在旁人看来是对刘小强的偏爱，可刘小强自己明白，要劈的话都劈几十次了，人就是一次次拿命赌才把胆子变大的。

大飞没言语，半晌问了句：让我帮什么忙？

刘小强：我要找到2001年的冰火杰士邦，必须要2001年的，必须要冰火！事关重大，人命关天！

咿呀呀歌舞厅里人声鼎沸，各个包间里都传来了咿咿呀呀的声音。粉红色的墙壁映衬着粉红色的灯光。没有客人的小姐站在各自的包间门口，摇着手绢招呼着来来往往的客人。大飞站在走廊的尽头，大声咳嗽了一声。顿时走廊两边四十多个包间里的咿咿呀呀全部消音，仿佛军团司令要训话，副官喊了一声肃静一般。包间里所有的客人和小姐全部停工，等待大飞的下一句话。

大飞：闲着的没闲着的都听好了，把手上的活都停停，赶紧都各自给我找一个杰士邦，必须要2001年的冰火，所有人都要找，马上！

瞬间停滞了的咿呀呀歌舞厅包间区马上又一次人声鼎沸，若干狼友们怨声载道，可是见了大飞认真的样子又不敢发作。所有的小姐全体出动，在各自的包里，行李箱里，更衣室柜子里找着2001年的冰火杰士邦。

所有人都没有找到，最接近的是2000年的冰火杜蕾斯，小姐递过来给刘小强说：兄弟，你这是要祸害哪家姑娘？其实没那必要，你就拿个小针，扎一下就行，何必呢？

刘小强：我不是用，我是找这个东西有用！

大飞冲着那小姐喊：人家是文化人，人家要搞研究，你多个屁嘴，赶紧找！

老天饿不死瞎家雀，一个小姐在按摩间里找到了，她仔细观察了一会，看了看已经撕开了的包装袋，最后兴奋地叫道：没错，就是 2001 年的杰士邦，而且还是冰火！

刘小强兴奋地跟着声音跑了进去，真的没错，太偶然了，低成本的红灯区连杰士邦都会出现过期的。可是刘小强绝望了，这是一个用过的。

56

刘小强只知道2001年的冰火杰士邦可以帮助他回到2009年美好的现实世界。可是眼前只有一个用过的过期冰火杰士邦，恰好是2001年出厂。他也没办法，只好打电话问陈小南：找遍全世界了，就只有一个用过的。

陈小南：用过的？怎么用过的？

刘小强拎着方便袋用镊子把这个用过的冰火杰士邦装进袋子里，看着杰士邦里边的白色黏稠物干呕连连，对着电话里的陈小南说：就是人家已经用过的了，上面全都是遗传因子。

陈小南拿着电话顿时捧腹大笑，他很艰难地联想着刘小强吹着这个已经被人用过的杰士邦飞向美好生活的过程。

刘小强：这他妈的让老子怎么吹！

陈小南：你别跟我发火啊，又不是我设计的，机缘巧合，这不都是你自己的原因。

没有办法，告别了大飞，刘小强拎着塑料袋，一路汽车又回到陈小南身边，风尘仆仆，人不更衣马不卸鞍拉着陈小南的手说：求你个事儿。

陈小南一脸贼笑：你要是敢张嘴求我帮你吹，我就弄死你。

刘小强：长这么大你一直对我那么好。

陈小南：不用给我戴高帽，打死老子也不给你吹该死的杰士邦，还他妈是用过的。

刘小强用近乎哀求的口吻说：洗洗都一样。

陈小南：滚。

刘小强打开塑料袋，他也很无奈，让他张大了嘴巴接着这个用过了的杰士邦吹出一个热气球这是万万做不到的，即使陈小南在旁边拿出一张没名的照片战前动员也没有用。犹豫了半晌，陈小南说：我有个办法！

刘小强：什么办法？

陈小南拽着刘小强跑到一个理发厅，掏出钱来就说：你们这吹风机多少钱？

理发的小工瞧着这二位，还有一位手里还拎着一个用过了的杰士邦，怎么瞧怎么别扭，没搭茬。老板娘上来，也觉得怪异，回了说：我们这不卖吹风机。

陈小南两张一百元拍到了老板娘手上，立刻见对方露出了笑容。

老板娘：这是怎么话说的，既然您要拿去用，那你就拿去吧。

陈小南拿过吹风机，对刘小强说：回去之后，好好想想自己哪不对，明白明白盐打哪咸，醋打哪酸。

刘小强在理发师的水池里把杰士邦冲洗干净，又干呕了半天，递给了陈小南。陈小南接过了杰士邦，按了吹风机的按钮，用杰士邦把吹风机的风口套住，只见瞬间杰士邦在吹风机的风力吹动下迅速膨胀，成长成了一个气球。

陈小南：这下好了，还是热气球呢，比嘴吹省事多了，可以更快、更高、更强了。

刘小强从陈小南手里接过了杰士邦，表情凝重地对陈小南说：我走了。

风生水起，电闪雷鸣，刘小强被杰士邦带着飞向湛蓝的天空。刘小强还可以感受到杰士邦在吹风机吹起来之后，气体的温度。可是他又忘了问陈小南，看到什么标志才算到了目的地，万一要是一不小心穿越到2010年，到那时，没名早已经等不及，成为了别人的新娘也未可知。腾出一只手来，刘小强拨打了陈小南的手机。

刘小强：我什么时候撒手下去？可别坐过站了。

陈小南：你等会，一会你听到一首歌，歌唱完了你就松手就行了。

刘小强：什么歌啊？

陈小南：《看我72变》。

刘小强：你怎么这么土啊，能不能来点流行歌曲，你诚心恶心我啊？

陈小南：那就来个更老的，陈百强的《一生何求》。

陈小南挂了电话，刘小强顿时觉得自己被阳光包围，脚下的云彩遮挡住了他向地面观看的视线。耳边音乐像低音炮一样低沉着发出声响，陈百强可爱的歌喉仿佛天籁之音遥远而又亲近。

冷暖哪可休，回头多少个秋。
寻遍了却偏失去，未盼却在手。
我得到没有，没法解释得失错漏。
刚刚听到望到便更改，不知哪里追究。
一生何求，常判决放弃与拥有。
耗尽我这一生，触不到已跑开。
一生何求，迷惘里永远看不透。
没料到我所失的，竟已是我的所有。

一曲刚刚唱了一段，刘小强却明显感到自己的身体在向下慢慢降落。抬头好好看看，发现杰士邦正在慢撒气。刘小强心想：到底是用过的，当时自己怎么就没想到多套一个呢。老居士也是，明知道杜蕾斯好，你为什么非得挑个杰士邦作法呢？你挑就挑吧，你何必非得挑一个2001年还非要是冰火的呢？想那么多已然没用了，热气球没多少气可以继续漏下去了，刘小强加速下降，眼瞧着掉出了云层，滑向地面。只见地面上的物件越来越近，到最后看清楚了，嗯，这不就是鼓楼嘛，对，那不就是安定门的二环桥嘛，没错，爷回来了，爷这就回到老北京了，爷终于回到2009年的北京城了。东三西四，四九城里怎么闹也都不怕了。

刘小强就这么想着，脚底下看到一台车，这不久是自己那台二手日产嘛，真有缘分，爷正想你了，想什么来什么。抖着风，刘小强眼瞧着自己的二手日产，一点点下降。

57

刘小强回来了，拽着杰士邦徐徐下降的刘小强被风轻轻摇晃，一个趔趄落到二手日产旁边。他拉开车门，只见副驾驶位置上坐着的，没名。她拿着刘小强的手机，2009 年的那个诺基亚 N95 手机，玩味着在手上翻来覆去。

刘小强故作镇定，坐上了驾驶位，关上了车门。

没名：年轻姑娘没少认识啊？

刘小强明白了，迎接他的就是那场对白，老大曾经预言过的，自己永远也躲不过去的对白。时间不允许他多想，他必须把没名拢住，只要不说谎，只要没名的心没有让刘小强这种打哈哈的行为击碎，那就一切还都有缓。

刘小强：一姑娘，有了点故事。

他知道没名提的这个姑娘就是在手机短信和信用卡账单上体现出来的舒拉。

没名：呦，爷，您是打算把这故事编到什么节骨眼上才打算让我知道啊？

刘小强扭头盯着没名：丫头，爷是真心对你好，可是你也不能天天跟我这猜谜玩吧？

没名：呦，爷，您这话唱的是哪一出啊？

刘小强：我知道你要说什么，下句话你是不是要说，你想隐退了，北京的工作你也辞了，你觉得我这是顽主性格你想帮我改，可是改不了。明儿一早还要飞上海，还觉得我应该和你实话实说。跟你撒谎让你觉得这游戏没劲了是吧？

没名当时就惊了，怎么自己怎么想怎么做的刘小强都知道，可是还是故作镇定：你怎么那么不要脸，见过不要脸的，没见过你这么不要脸的。

刘小强：丫头，我那么多故事都是故意逗你的，别信。

说着刘小强把没名手里刘小强的手机和信用卡清单拿过来，扔窗户外面去了。接着说：你看我做了这么多，你也不是没反应不是？别嘴硬，爷我真真切切和你谈了这段恋爱，原打算你也没什么兴趣，可是我这一举一动你不是也关切着呢吗？骗自己哪有那么容易，你这眼睛就告诉我你有多在乎了，是吧，姑娘？

没名对刘小强这话将信将疑，可是她还是要装作一副心不在焉的样子来。她不想告诉刘小强，此去上海，并不完全是和刘小强赌气。在北京的日日夜夜，没名并没有把刘小强当成自己的归宿。她觉得归宿这东西就跟寄居蟹找的海螺一样，跟谁都是跟。她脑子里想的，是和刘小强有那么一段没有欺骗的爱情，不用时间限制，没有加时赛，也没有胜负，只要没有人犯规，那么这段爱情完全可以无限期地进行下去。当她看到了刘小强的信用卡账单，当她看到了刘小强的手机短信，当她看到了刘小强开始和自己嘻嘻哈哈，激情之后再也看不到一个男人对责任的狂热追求的时候，她又开始厌恶了。

没名就是这么厌恶一段段习惯了的习惯的。

没名：爷，你知道我真正想要的是什么吗？

如果这句话在刘小强没有穿越之前问的话，刘小强会把这句问当成玩笑打着哈哈顺过去，刘小强等着这句问也已经很久了。他脑海里顿时出现了那个十七岁的夏天在教学楼楼顶上看着刘小强怒打小银鱼的呆呆的没名，还有在午夜阳光里无聊地等待切诺基出现在她生命里的没名，还有在刘小强的床头小妖精一样故作妖冶地问“爷您舍得吗”的没名。这些没名看似不同，骨子里确是一样，她们都太不相信承诺，但是又太相信爱情了。

不求天长地久，只求曾经拥有？
那是一夜情。
两情若是久长时，又岂在朝朝暮暮？
那是两地情。
恨不相逢未嫁时？
那是婚外情。
此情可待成追忆，只是当时已惘然？
那是不了情。
十年生死两茫茫，不思量，自难忘？
那是人鬼情未了。
没名想要什么呢？
此去经年，应是良辰好景虚设。

刘小强和没名，都在矫情中想让自己摆脱预设好的角色路线。美好的远景摆在眼前，可是谁都不敢相信这一切可以是真的。结婚是什么？那就是美好生活的终点了吗？那是陆小小那种人设想的结果，她的思维里每一步都是里程碑式的。可是在刘小强和没名眼里，永远都害怕平平淡淡中失去相互沟通的渠道，两个无话不谈的情人变成了疏远的男女。看似很近，但是却无比遥远。他们一度怀念解放前指腹为婚那个时代，在那个时代里，上天安排的一段婚姻，歪瓜裂枣生吞活剥你都得咽下去，不许反悔。没有情窦初开，没有挑花了眼。最多可以和自家的丫鬟或者小工来点小暧昧，但是那是短暂的爱情演习，时过境迁就会彻底遗忘。人过中年的刘小强在偶遇没名之后，不会在心底苦苦叹一声：她长了皱纹了。徐娘半老的没名不会在见到刘小强之后失望地自言自语：我爱的那个男人他老了。于是所有的青春自信都变成了中年人的一句话：还闹什么闹啊，都一把年纪了，孩子都这么高了，再瞧瞧他，都有小肚腩了，谈不起爱情啦！

刘小强想了想没名的问题，整理好了思路，他说：爷不欺骗你，爷会好好爱你、疼你，爷不会和你纠结于那些欺骗和欲望，爷只想看着你跟爷撒娇，你让爷平谷奔延庆去接你，爷就去接你。即使明天你真要去上海了，只要你想要爷杀过去，哪怕是大半夜飞过去，浦东机场杀到延安西路，爷也一路杀过去，朝发夕至，绝对不含糊。

没名笑了：嗯，看你以后表现。

刘小强：那，你去上海的机票呢？

没名：你怎么知道我买好机票了？

刘小强：我怎么可能不知道。

没名笑着把机票拿出来，当着刘小强的面撕成碎片，扭头扔窗户外头了。

刘小强马上阻拦：别介啊，这也是钱啊，退不就完了吗，撕它干吗啊？

没名搂着刘小强笑着说：你怎么那么没脑子啊，这不是追求戏剧效果嘛，打个电话就能退，笨蛋。

58

刘小强和没名的故事这就结束了吗？

没有。

那他们会天长地久吗？

开什么玩笑。

就在刘小强亲眼见着没名撕碎了机票的第二天上午，睡眼惺忪的刘小强摸了摸身边的位置是空着的，他又去厕所和没名的卧室寻找，结果再一次看到了桌子上的便笺，没名留下的：

爷，奴家还是决定走了。咱们不应该靠这一两句冲动过以后的日子。爷您有您的想法，您有您的目标，丫头我就是您路上的风景，总有熟络到厌烦的一天。丫头不想让爷您有一天见着我心里就犯堵，不是都说了吗？我们俩是彼此兜里的糖，只有那样才能地久天长。

祝安，思念。

刘小强看着便笺，泪流满面，他拿起电话拨通了没名的手机。没名还是嘻嘻哈哈地接了电话，问了声：怎么这么快就想我啦？

刘小强：你不是说不去上海了吗？

没名：可是我想了想，觉得还是去好。您看啊，我们俩天各一方，心里都念叨着，真见着了爷是真真地往心里想啊。总比天天见着，油盐酱醋，时间长了回家都不给个笑脸，那是一个多痛苦的事啊。再说爷您昨天不都说了嘛，我去上海，只要是一个电话，大半夜的您都能飞过来，浦东到延安西路您都能打车过来看我嘛。

刘小强：我那是安慰你的话。

没名：呦，爷，我可当真了啊，您以后可不能这么随便说话了，丫头我对什么话都当真。

刘小强：你去上海干吗啊？是不是就是赌气？爷昨儿个不是跟你说清楚了吗？早就平平淡淡过日子，怎么了？

没名顿时改变了口吻，电话这头刘小强可以想象到没名的眼眶里眼泪在打转，但是还是用她的方式故作幽默地说：爷，您奋斗了两三年了，奴家也想好好奋斗一下了。您的青春没白过，可是奴家这日子也不想就这么一天天熬着。地下室的苦日子你受过了，丫头我也不想就干什么都等着现成的不是？也该放纵自己出去闯闯了，在北京，天天有你护着，心里总有个依赖感。我早就决定了，您就让我自己在上海拼出点东西来再给您看吧。

刘小强心说我好容易兜了一圈回来，一切都顺利就差这最后一抖了，凭什么丫头你说走就走了？刘小强去找老大哭诉，这一路的穿越走回来，到了今天不容易。老大也明白刘小强的苦闷，拉着居士一起安慰刘小强。

居士：有没有必要再穿越一次？

老大：我觉得这么干也是可行的。

刘小强眼神迷离，他已经对此心灰意冷：改变命运，对我而言，是一种痛苦，何必呢？

老大：屁话，如果不改变命运，你说我当年怎么会知道那个广告会遇到人家香港巨星，我怎么会费力不讨好主动替人家拍广告？

刘小强：难道说，你也穿越过了？

老大：我和你有一样的遭遇，我试图改变过，但是没办法，想要坚持我的理想，无论我怎么改变，都只能在三十二岁的这年夏天被幸运之神选中，所以我没有遗憾我荒废的二十几岁，那些都是过往烟云。而你的没名，将是你一辈子的遗憾。我不回去重新过往，是因为我知道答案只能在我人过尔立之年才能找到。而你不一样，你的答案就在你的身边。

居士：穿吧，这次我多给你预备几个杰士邦，不为难你还得找人家用过的。

说罢从兜里掏出了一打，递给刘小强。

刘小强接过杰士邦，严肃地向居士点了点头。

居士作法，电光火石，只见房间内顿时出现了阴云，离地七尺遽尔不散，小小的阴云中间电闪雷鸣。转瞬间，竟然在刘小强的卧室里下起雨来。窗外紫气东来，进入房间内，老大把刘小强拦在身后，只听居士说了一声：可以了，上路吧。

小阴云闪电连连，暴风骤起，吹得刘小强立刻进入了阴云。刘小强一边拽着老大一边喊：老大，帮我把 QQ 下线，里面还有姑娘跟我聊天呢。

老大甩开了刘小强的手，理都懒得理，瞧着刘小强被吹进阴云，烟消云散，房间里除了一地的雨水什么都没有了，转过头朝居士说：你说这孙子他能改吗？

氤氲萦绕，仿佛蓬莱仙境。刘小强开始的时候只觉得自己进入了黑云之中，两眼紧闭，可转过头来，终于感觉到身边有个硬朗的物件可以依托了，两手环抱，睁开眼睛一看，却发现抱着的竟然是什刹海后身恭王府的老国槐。

“爷，您在那意淫国槐呐？”

这是没名的声音。

刘小强回过头，果然是没名，一身清淡的装束，站在自己面前。

刘小强：啊，爷就想看看这国槐有多粗。

没名话锋一转：爷，您跟我说那豆汁多好喝来着。您许是骗我呢吧？

刘小强仔细品着没名这话，听这话的意思，这次应该穿越到自己和没名在后海玩的那天晚上了。那是没名第一次来北京的时候，他曾带着她去护国寺刚喝完了豆汁，又欺负她不许浪费都喝完。

刘小强：是啊，爷骗你了，怎么着吧。

没名：那爷您得补偿我。

刘小强：怎么补偿？

刘小强知道，没名这种补偿的意思是什么。没名第一次来北京的时候，在前门跟着刘小强吃着炒肝、爆肚、卤煮，喝着啤酒喝大了。吵着嚷着要体会一把钦差的感觉，刘小强告诉过她，说这地方就是以前有什么国家盛典，都打这过，前门大街才慢慢火起来了。

喝多了的没名大声嚷着：我要当钦差，来，你背着我，当马骑。

刘小强：丫头，咱找个三轮车不行吗？

没名：不行，三轮车师傅我又不能打不能骂的，就你了。

好嘞，刘小强扎好马步，没名一下子蹿上去，刘小强好悬没趴那。

刘小强：钦差大人，咱杀哪去啊？

没名：奔菜市口。

这一路，喝高了的没名喊着“刀下留人”，偶尔还拍两下刘小强的脑袋喊“畜生，快点”，不亦乐乎。刘小强跟傻小子似的背着没名从前门大街一路小跑一直杀到菜市口。

没名：这也不是菜市场啊。

这一幕幕在刘小强心里都成了挥之不去的记忆。眼前，没名跟自己说怎么补偿，刘小强想了想说：要不我背你逛北海吧。

月色下，清冷的北海，行人稀少。刘小强背着没名，他回忆着，问没名：当爷的女朋友吧。

没名：不。

刘小强没说什么，幽暗的小胡同里，只有白炽路灯的光亮，照射在柏油小路上，他背着没名一直这么走着。背上的没名突然贴着刘小强的耳朵说：要是你能这么背我一辈子该有多好。

刘小强听了这话，立刻把没名放下，转过身来：爷可以背你一辈子啊。

没名不屑地回答：真是的，挺好的情境，全被你毁了，转过去，继续背。

刘小强没办法，只好转过去，继续背，走着走着，说：丫头，你这是累傻小子呢吧？

没名：什么话，丫头我这是在考验你，你要接受组织考验，别说话，感受这个情境。

刘小强又问没名：当我女朋友吧。

没名：免谈。

好吧，这一切的回答都是相同。刘小强开始绝望了，他想得到和他得到的完全不是一个东西，而这两种东西却又那么相似。刘小强不想再问第三遍了，他知道没名的回答一定是那句：三顾茅庐呐。之后的之后，会是同一个故事，不同的开始而已。

刘小强失望了，他把没名放下，转过头来对没名说：丫头，我知道你一直对爱情有期望，也有恐惧，你对你的世界充满了怀疑，你对身边的所有事情都失去了安全感和信赖感。这些我都知道，可是你至少要相信，一个人的感情虽然在时间上不能确定，但是在程度上是不能否认的。如果你还是无法相信我，那么我也没有办法。如果我们有缘无分，那么干脆我们就不要再有之后的故事，之后的故事杂乱无章，充满悲情。既然我的一切努力都只是在循环往复中寻找一个结果，那么所有的事情都是没有意义的重复。我要找到的东西，看来，永远都找不到了。

没名没有听懂刘小强说的话，呆呆地站在那。刘小强扯出一个杰士邦，用指甲刀剪漏，再扯出一个，再剪漏，一打的杰士邦，转眼间全都没刘小强破坏掉了。没名还是站在那，不知所措。

刘小强歇斯底里，他飞跑着，他觉得自己的所有努力都变成了无用功。他不怀念那些看起来浪漫的夜晚，他需要的是天长地久的爱情，即使他自己也做不到，但是他要那份真诚的付出。没名虽然相信真诚，但是却不相信时间。这一点上没名是对的，刘小强觉得无懈可击，他自己也怀疑时间的魔力，时间会让相爱的人冷淡，会让情人变得疏远。最浪漫的事就是和她慢慢变老，这句话原来真的是真理。

刘小强翻过了鼓楼的围墙，他跑上了楼梯，冲上了鼓楼。晨钟暮鼓，这个城市早已经不需要这个时间机器了。他看了看鼓楼下的南边咖啡厅，看了看他们这些文艺青年经常光顾的“疆进酒”酒吧，又看了看追在身后站在鼓楼下的没名。

他跳了下来。

59

我们从哪里来，又要到哪里去，现在是什么时间，未来又是何时？

这些问题永远都是我们无法弄清楚的。

就比如说刘小强自以为是地从鼓楼上绝望地跳下，等到醒来的时候却发现自己躺在自家床边的木地板上。老大关切地看着刘小强，还包括在糖果认识的那两位哼哈二将小姑娘。

老大：怎么着？没见过你这么不能喝酒还要往死了喝的。

刘小强：我这是到哪了？

老大：到哪了？你是真糊涂还是装糊涂？

刘小强：我是真糊涂了。

老大招呼哼哈二将，两个姑娘笑着给刘小强解释。

甲：大哥，你前天找老大陪你喝酒，晚上去的哪？

刘小强：忘了。

乙：喝完酒，我们送你回的家。老大怕你喝多了出事，我们几个一直就等着你醒过来。

刘小强：忘了。

甲：喝多了你梦里一直还念叨着没名。

刘小强：那或许有吧。

乙：昨天晚上说梦话还说什么“杰士邦”、“洗洗都一样”。

刘小强：行了，我知道了。

刘小强想要从床上坐起来，突然头痛难忍，他知道了，一定是酒喝多了上头，可是他分明见到卧室的地板上依稀还有水痕，抬头问老大：怎么地上全都是水啊？

老大：你吐了一地，我刚收拾完。

刘小强的心彻底放下了，那不是居士作法，那仅仅是一场酒醉后的梦而已。不用问，哼哈二将嘴里得到的消息，自己已经醉了两天一宿了，所有的过往都是梦境，都是酒醉后的臆想，都是不切实际的玩笑。没名依旧在上海绝望而又清醒地独自生活，自己仍旧在天坛东里老式居民楼里过着醉生梦死的生活。一切都没有变，没有居士，没有佛祖，没有监视者田小小，没有超人陈小南，一切都是假设，无从开始。

他再一次拿起电话，可是没名的号码已经更改。

又一次，刘小强心灰意冷。

老大说：你何必这样。

日子就这么有一天没一天地过，舒拉的电话偶尔响起，刘小强也没有心情去接了，三次两次，他终于和舒拉失去了联系。不过刘小强一点也不觉得遗憾，他开始良心发现厌恶自己过去的种种了。他现在这么做绝对不是为了在道义上讨好没名，怎么算是讨好呢？没名永远都看不到。

清明的时候，没名已经离开北京三个月了，她没有和任何朋友有任何联系。MSN 永远不上线，QQ 也永远不上线，刘小强的留言泥牛入海。没名在刘小强面前消失了，她怕了，她像《月亮与六便士》里的艺术家丈夫一样，看到了爱情即将现形，躲避着不想看到，于是自己把自己藏起来，抑或可以说成是自己把自己保护起来了。

算了，不想她了，老大不也劝自己，既然作死了，就别那么矫情了。

可是好容易清闲了几天，陆小小打来电话，刘小强很惊讶，自从阳春面的婚礼之后，已经和陆小小没有任何联系了。

陆小小：我的签证办好了，后天的飞机，直飞墨尔本。走之前，要不要聚下在北京的同学啊？

刘小强接着电话，走到窗台前，一边关上窗户，唯恐楼下哪个小商贩突然喊一嗓子“豆汁，新出锅的豆汁稠又香呦”让自己穿帮，一边对着电话信誓旦旦地说：我现在人在内蒙古录节目呢，要不我尽量赶回来吧，如果我没赶回来提前通知你。

陆小小没有多言语，刘小强也没有多言语。刘小强甚至觉得这种邀请背后似乎也藏着什么玄机。一旦主观意识上认为陆小小是哪一种人，那么她的一笑一颦，每一个动作就都会被定格为带有某种意识形态的表示。刘小强觉得自己太敏感了，敏感到有些下作。这是自以为是习惯了的刘小强的职业病，观察人的每一句话、每一个动作以求探索到他的潜意识。不管对方如何解释，都揪住不放。

对刘小强这个人，陆小小是知道的，她也不屑于和这个文艺青年谈论矫情的问题。既然世界观不同，看待对方的视角不同，那么无论他怎么矫情，无论他声称对所有的东西要求颇高，陆小小都慢慢习惯了以冷漠回应。但是她还是希望刘小强关注自己，她还是希望自己在离开中国之前能看到刘小强一眼，当然，这一眼带有一点老朋友式的想念。可是这一眼更多的，却是对自己前半生的肯定。陆小小如果有时间仔细回忆的话，仔仔细细好好回忆，她在她好好学习的前半生中，可曾有一个能把心掏出来的朋友？归根到底，她是孤独的。所以，她即将离开的时候，还想见见曾经傻到把心掏出来的刘小强，她觉得虽然刘小强已经不是自己的了，可是放在那也是一段可以笑出来的回忆，这样，回忆就不会那么枯燥了。

刘小强沉默良久，自言自语：我曾经爱过的姑娘，她提前衰老了。

毕业以后，工作了的刘小强曾经好几次单独和班主任长谈。班主任指着刘小强鼻子说：就是现在，我也坚持，你和她不是一个阶级的。我还要补充一句，你和她不是一个世界的，你知道吗？她是活在自己那个世界里的人，你是想让自己活在别人世界里为别人的生活添加色彩以达成自己价值的人。

刘小强苦笑着：后半句您当时怎么没说？您要是说了不就没那么多故事了。

班主任：很多话是不能当时说的，前半句仅仅是伤了你的自尊心，后半句会让你绝望的。

听到班主任这句话，刘小强明白了。青春的大逃杀，就是一帮孩子本能地伤害别人保护自己。你不想伤害别人，你想当侠客，那是高尚的，那是伟大的，可是那不是本能。本能不能用来批评，高尚的精神在木能面前也无所谓高尚。

回到眼前，刘小强挂断了陆小小的电话。他开始考虑，要不要去参加。打电话问问别人？不用问，死党中能参加的也就只有在北京工作的阳春面，其他人，诸神早已经归位，哪有时间操这份心。可是去不去这不就是自己定的事，何必要问别人意见。

于是刘小强打开衣橱，挑选着衣服，他觉得这就跟选战袍一样，不能跌份儿。可是又突然想穿得邋遢点，太郑重了反而让人觉得自己敏感，于是挑来挑去，还是将就着穿了一件绿色的粗布上衣，配上牛仔裤，不伦不类将就着好了。

60

大家约好了在王府井的新世界百货三楼的必胜客见面，陆小小和她的未婚夫还没有到，阳春面订好了位子，穿着一身段子面旗袍，发簪斜着插在发髻上，一身成熟女人打扮，拿着杯子坐在角落里等。

刘小强：新娘子，呦，眼圈发黑啦，可得注意休息。春宵不觉早，处处闻啼鸟。夜来云雨声，花落知多少。

阳春面：你也就有能耐挤兑挤兑我，好，我让着你，省得陆小小一会来了让你揪心，心理不平衡。

刘小强：明知道是这个道理，你要是不说出来，我就紧接着夸你知书达理了，可是你非要说出来，太不厚道！

正说着，陆小小挎着她未婚夫的胳膊出现了。大家又不是第一次见面，自然不用介绍，寒暄了几句，阳春面说：你这一走，还打算回来吗？

陆小小：如果那边工作都顺利的话，应该是准备移民了。

阳春面：也好，澳大利亚环境要比中国好多了。

刘小强顶不爱听这句话，在他的思维里，出国的动机可以是实现人生价值，也可以是镀金，更可以是淘金，但是唯一不能的是把出国当成人生归宿。这不是落叶归根的腐朽思想，这是憎恨把逃离当成解放的托洛茨基主义。

托洛茨基：我出国，我出国是因为我在国内混不下去了，你跟我比什么比？

刘小强：我这不就是打个比方嘛。

托洛茨基：天天有人要收拾你，那日子你能过得下去吗？我要不去加拿大，怎么能躲得过斯大林？

斯大林：废话少说，给你一斧头！

四个人就这么谈论着，南半球的花好月圆，南半球的沙滩棕榈，南半球的圣诞老人，南半球的异国情调。刘小强没有一点兴趣，他也不喜欢就这么和陆小小有一句没一句地搭腔。好吧，既然你要看我如何对你痴情，那么就表演吧。可是如果刘小强故意痴情一片，得到的结果就只能是阳春面的白眼和陆小小未婚夫的尴尬。衡量一下得失，刘小强心想：算了，我图什么我。

必胜客的的水果茶真难喝，刘小强觉得这东西虚有其表，冰水冲出来的水果，植物细胞壁根本不可能破坏掉，细胞质出不来，一帮人冲来冲去，倒来倒去，喝的什么劲？可是看看其他三个人，聊得热火朝天，刘小强只好拎着茶壶，倒来倒去。

散伙收队的时候，天已经黑了，阳春面给老公打了电话，说是有刘小强送，不用担心，四个人就这么散了。刘小强拦下了一台出租车，先送阳春面沿着长安街往西，送到了地方再折回来回天坛。

出租车上，阳春面透过后视镜瞧着副驾驶座位上的刘小强说：这回死心了吧？

刘小强：你还不知道我吗？

阳春面：我知道你心里还惦记着没名。

刘小强苦笑着：她老人家也是一个活宝，揪着我的心就是让我忘不了。

阳春面：你就不能好好反省一下自己哪错了？朋友几个有谁不知道你的秉性的，但是大家都是过了玩的年龄了，你也该收心了。

刘小强：我这不是童心未泯，我这是和没名一样，这一点上我很理解她。我们俩都没有安全感了，你也可以说我们俩都特矫情，佛家术语那就叫“看破红尘”。知道什么叫红尘吗？像你这种结了婚的人那就是红尘。

阳春面笑了笑：你也就跟我贫的时候装坚强。自己捂被窝里哭了多少回自己知道就行。

出租车司机这时候不甘寂寞了，北京城的出租车司机，出了名的贫。说起话来三句话不到，就能给你来个趔趄：姑娘，这话你说的可就不对了，人家小伙子现在年轻着呢，趁着年轻潇洒潇洒，没什么不好啊。咱们爷们和你们女的想法不一样，女的怕老了没归宿，男的怕老了被淘汰。有句唐诗怎么说来着？

刘小强接茬：有花堪折直须折，莫到无花空折枝。

司机：你看，还是小伙子有文化，趁着年轻嘛。我们年轻那会儿，心里惦记了好几年了，嘴上一点行动都不敢有，等到老了多后悔啊。

阳春面：师傅，这样的话您多跟他说说。

司机：你们说了半天，我也听了半天，无非就是小伙子你觉得那丫头好，拉不下脸来主动套词，犯了错，无非就是河边遛弯湿了鞋，路边闲逛采了花嘛。那些都是小问题，媳妇你得管，犯了错你也得挺直了腰板认。谁让你功夫不到家被人逮着了呢？话又说回来了，逮着了又怎么了？你们不还没结婚呢吗？你要觉得你离不开人家姑娘，就主动点，去找人家不就结了嘛。我这是过来人我告诉你，有多少好姻缘，就都毁在“矫情”两个字上了。

王府井上车开始，刘小强和阳春面拢共说了三句半，车一直开到军博了，还没讲完。好容易阳春面到家了，阳春面的老公在小区门口等着，和刘小强打了个招呼，于是车往回返。

师傅问：咱们这是回天坛?

刘小强想了想：师傅，往北，咱去南锣鼓巷吧。

南锣鼓巷，永远都不是灯火辉煌，那里是灯火阑珊处，蓦然回首，只是不见那个她。刘小强只能把这种怀念放到校内网，他上传了没名的照片，仔细回味。余小翎马上跟进回复说：你真有勇气，别掉进电脑里出不来了。刘小强紧跟着回复说：她要是贞子多好，可以从电脑屏幕里爬出来。登陆记录里，刘小强看到，没名也看到这张照片了，可是她一直是沉默，没有任何回复，没有任何消息。

可是眼下，刘小强独自逛着南锣鼓巷，独自在十二平米酒吧里喝着曾经和没名一起喝过的鸡尾酒，旁边连个影子都没有，左顾右盼，其他的姑娘都成了庸脂俗粉。爱情对刘小强最大的好处就是让他的审美提升了一个档次，再也没有了饥不择食的冲动。可是你吃过一次客家酿豆腐了，再吃胡同小馆子里的家常豆腐，就怎么吃怎么不入味了。这些都没什么，最大的问题是，做客家酿豆腐的厨子走了，再怎么想也想不着了。于是面前的家常豆腐也看不入眼，心里想的还是过油的豆腐加上鱼肉、牛滑的客家味道。

看着姑娘们有一眼没一眼瞧着自己，刘小强扫了一下身边的姑娘，举了下杯子，点了点头。家常豆腐上桌了，动两下筷子也是一种礼貌。

于是闭了眼睛，低了头，心里想的还是那个客家酿豆腐。

没名：爷，您这是夸我呢还是损我呢?

刘小强又叫了一杯鸡尾酒。

没名：爷，您舍得吗？

刘小强又叫了一杯鸡尾酒。

没名：爷，您瞧奴家这可怜样儿。

刘小强朝着酒保喊道：你们这有烈酒吗，再来点。

结局

刘小强接受现实了，他发现一次次在南锣鼓巷买醉并不能追回他失去的东西。他回忆着没名离开的时候的笑容，那个笑容永远都不会再看到了。第二天，刘小强没有去机场送陆小小，那个场景是留给人家父母双亲千叮咛万嘱咐的，自己去了明显多余。

把闹钟的电池抠下来，一口气睡到第二天下午，刘小强才睡眼惺忪地起床。陆小小已经在澳大利亚着陆了，他曾经挂念过的姑娘全都远去，此刻，莫名有些悲哀。

打开电脑，安小如的 QQ 他没有删除，也没有拉黑。只不过，对方却永远是黑色的头像，永远都看不到主动上线。刘小强进入安小如的空间，相册里赫然摆着一个婴儿的相册，那是她的女儿。刘小强突然感到很惊讶，可是又觉得意料之内，他仔细端详着婴儿的脸，肥嘟嘟的小脸，浓重的眉毛，她提取了安小如身上所有的优点。安小如在默默地生活，或者说在刘小强选择性失明的视线里偷偷地生活，偶尔还可以看到她的日志里和老公一起去外地旅游的消息，言语中全都是幸福的炫耀。

那不是炫耀，那是平淡的家庭气息扩散出来的幸福味道。刘小强嫉妒的目光瞧着一张张照片。他偶尔也会微笑，那毕竟是自己是爱过六年的姑娘，那毕竟是和自己住过两年地下室的姑娘，那毕竟是养活了自己两年的姑娘，可是他怎么可能心思一点也不复杂地祝福呢？也许水深火热不是刘小强想看到的，可是人家的生活殷实富足、和和美美，这就有点不尽如人意了。

分手以后，刘小强曾经哀求着给安小如留言过无数次，可是安小如恩断义绝，坚决不走回头路，几个月后她结婚了，刘小强从此一句话也没和她说过。

今天，刘小强打开了安小如的对话框，他突然想说些什么。语气太郑重了，肯定不舒服，自己也不想示弱。太玩味又显得玩世不恭，那是十几岁的时候玩的小把戏，现在再来这套，明显幼稚了。

想了半天，随意打了一句：孩子和你很像，很漂亮。

刘小强没有关闭对话框，他好像在等着安小如能够马上回复。安小如或许已经知道了刘小强的现状，或许她也会在和老公吵架的时候偶尔想想刘小强的执著到底有没有错，可是她绝对不提自己后悔不后悔。她永远都不后悔，刘小强知道，自己是不值得人家谈“后悔”这两个字的。

刘小强关了电脑，他又要出去了，老大的电话说上次那个广东佬要谈合作投资电视剧，并且负责发行渠道。广东佬的公司资金充裕，而且发行渠道在中国南方可以算得上数一数二，这对光迅传媒这种发行渠道相对不是很强的公司而言是一个很好的消息。刘小强开着车沿着长安街一路向东，上了三环一路向北。三里屯附近因为满文军夫妻吸毒已经变得草木皆兵，所有的娱乐场所都不敢长时间地让客人把包房的门关上，时不时还有服务生隔着门窗过来瞧一眼。于是三个人挑了一个西餐厅，干干净净，也不是很吵。

广东佬和老大在那认真谈论，刘小强就在旁边有一句没一句地搭腔。

刘小强的眼神来回飘闪，他左顾右盼，隔着窗户瞧瞧窗外长发披肩的姑娘，或者是牵着一条狗散步的小肚腩。

突然，刘小强的眼神定住，他急忙拍了拍老大肩膀。这时候老大还在和广东佬谈得热火朝天，连拍了几下也没有反应。

刘小强一边瞧着一边问老大：老大，你看，那个女的怎么那么像没名？

老大转过头，问道：哪个女的啊？

他们把目光投向最靠里一桌食客，一个姑娘带着墨镜，穿着黑色吊带上衣，坐在对面，和另两个人谈笑风生。

老大把手提包里的眼镜拿了出来，仔细辨认：那不就是没名嘛。

刘小强听到这个消息，就想马上冲过去。

这时候老大给拦下了，老大：年轻人，爱冲动。你现在去干吗？人家聊得好好的，你去了说什么？亲爱的我错了，给我一个机会，相信我这是最后一次？这话不到万不得已不能说出口，说出口你就得履行，人家揪住你的小把柄以后见人就提这一茬，你受得了？

刘小强：我……我受得了。

老大笑了笑：你先等等，她也跑不了，咱们仨就在这盯着，等她落单了，你再单独找他去不就完了。

刘小强已经坐不住了，他的眼神就没离开过那个姑娘，他不停地回头，不停地瞧着那桌食客的动向，唯恐他们吃完了饭买单，刘小强这边稍微一个不留神就给放跑了。

那姑娘的朋友也发现了频频回头的刘小强，他们也发现刘小强盯着的是自己桌上的这位姑娘。眼神示意，那姑娘摘下墨镜，转过头来。

刘小强清楚地看到，那就是没名。

没名没说话，她朝刘小强点个头，转过头去接着和她的朋友聊天，接着手舞足蹈，谈笑风生。

刘小强打心眼里高兴，坐在椅子上就跟痔疮发作了一样，他转过头来跟老大说：老大、林总，今天我这心就没在工作上，我先出去到车里坐一会，失陪了，不好意思。

刘小强离开了桌子，走到前台的时候，要了一张纸写纸条，好让服务生给没名送去。可是攥着笔憋了半天，一个字也没憋出来，最后写了“我在车里等你”。上了车，刘小强就觉得不对，正门等了半天，拦下门口停车场的门童问：你们这有后门吗？

门童：出了停车场左拐就是，我们员工出入的小门。

刘小强：还有别的门吗？

门童：小门旁边还有一个安全门。

刘小强启动汽车，转了一个弯，斜插在小门边，一边等一边乐。等了十几分钟，没名出来了，从安全门出来的。

刘小强二话没说，下车就把没名堵那了。

刘小强：小样，我还不知道你，还从安全门跑。

没名笑嘻嘻地瞧着刘小强，甩了甩头发，努着嘴说：学聪明了嘛。

刘小强没让没名再有机会逃了，他一把打开车门，一脚把没名踹进车里，扭头关上门，自己钻进驾驶室，随手把中央控制门锁按下，任凭没名怎么跑也跑不了了，这才启动汽车。

没名揉着屁股，坐在后座上对刘小强嗲声嗲气：爷，您刚才踹疼了我了。

刘小强：你等过一会的，还有更疼的。

没名：爷，您舍得吗？

刘小强心里一抖，这句话的分量太强大了，使用过这句话的女人把原本仅仅是一句发嗲的台词叠加成了具有杀伤效果的杀手锏。

刘小强：我他妈舍不得也得舍得了。

车一直往北开，三元桥下了三环路，一路向北，奔着四环开。

没名：爷，您这是要把我带哪去？

刘小强狞笑着：别着急，你就瞧好吧。

没名：爷，您不是要找个没人的地方给我碎了吧？

刘小强笑着说：比那个损。

没名低声喃喃着：先奸后杀，按说丫头我也不会拒绝您，用不着那么麻烦呀。

刘小强：滚蛋，我问你，为什么回北京了不告诉我？为什么让你从正门走你还躲着老大从防火安全门跑出来了？

没名：呦，爷生这个气呐，没有的事，丫头哪能躲着您呐，我回北京那是出差回来，约了几个朋友聊聊天，这不巧了，见着您了嘛。

刘小强以往跟没名生气那都是假生气，前脚因为点鸡毛蒜皮两个人冷了脸，后脚出门的时候刘小强就说一句：爷走了啊。

没名接一句：吃好了爷明儿还来呀。

可是今天刘小强是真生气，他必须要报复一下没名心里才痛快了，想着想着，北四环上了路，一直往西，沿着四环上了八达岭高速公路，直接奔着长城开。

没名：爷，您不是大半夜的要带我去爬长城吧？

刘小强：哼哼，算你猜对了，爷今天就是让你好好受受罪。

刘小强没和没名多言语，车开过居庸关的时候，刘小强找了一个停车带把车停下了。他熄了火，打开后车门，对着后厢的没名喊：下来！

没名有点害怕了，但是嘴上还是不认输：您凶什么啊？

刘小强：现在是月黑风高无人夜了，你知道我这几个月想你想成什么样了吗？你知道我每天无论是工作还是休息都在念叨着的人是谁吗？你知道这些日子我是怎么熬过来的吗？

没名：爷，您别跟我喊，您都说了要好好疼我的。

刘小强：滚蛋，一竿子支到上海去了，还把电话换了，就为了让我找不着你是吧？跟我玩消失让我心里着急你有着莫大的快感是吧？告诉你，爷爱你，爷脑子里天天转的就是你。别离开我，求你了。

没名：那你带我来这干什么？

刘小强：你要是不答应我，我就开着车，从居庸关这跳崖。

这话说出去刘小强就恶心自己了，什么时候自己也成了曾经万分鄙视的弱势男人，以死相逼追求的目标仅仅是一位姑娘。此时此刻，刘小强理解了那个曾经天天缠着陆小小要死要活的大学男生，刘小强明白了有很多要争取的东西的确需要用生命去衡量它的价值。可能这种想法仅仅是转瞬即逝，可是话一出口，为了一句话死要面子，心里后悔也就只能硬挺了着了。

没名表情上出现了刘小强从未看到过的恐慌。她的鬓角滴答滴答地流着虚汗，她看着刘小强坚定的表情不知所措。那种玩味的语气现在再也不敢随意说出口了。

想了半天，没名借着居庸关的月光，打量刘小强，她发现刘小强的表情并没有言谈表现出的那种冲动，心里悬着的那根神经也就放下了。她又开始了她的活泼：爷，别这样啊，您说，万一我要告诉你，我去上海这几个月，就跟别人订婚了，你还活不活啊？

刘小强：你他妈敢！

没名：爷，这可不是我说了算的。先不说父母之命，媒妁之言，就这一来二去一见钟情的事，您见的也不少了不是吗？可就有这么一个可心的男人，从前也没少荒唐，可在我面前那就是另一番天地了。鲜花美酒西洋景也没少给我演，我也就是个平凡女子，一般人家闺女喜好的那几口我也好，市井人家的姑娘厌烦的那几种我也烦，没爷您想的那么清雅，可就中了这招了，您说怎么办？

刘小强的脸都阴下来了，没名这姑娘做什么事都没逻辑，但是她心眼里的心思刘小强认识她十年了，就没摸清楚过。他突然觉得胸口堵得慌，鼻腔里往外反酸，眼睛像是被什么东西迷住了，朦朦胧胧，泪水模糊了双眼。

没名：呦，哎哟喂，爷您哭啦，别这样。咱不都说好了无论谁结婚都要招呼对方随份子嘛，您看您这样，我还哪舍得叫您。眼瞧着我跟着别人吃喜糖敬喜酒的，您在底下窝着自己个，我这心里也过意不去啊。

刘小强歇斯底里：我没哭。

可是眼泪已经决堤，刘小强明白，这眼泪和在阳春面的婚礼上演的那出不一样，那场演出太突然了，刘小强只觉得是被愚弄，自尊心过分膨胀之后被一针扎破的羞愧和恼怒。而这一次，他恍惚间发现自己唯一还可以留住的没名也要从生命中离开了。

他不是一个纯情的少年，他把对爱情的感性认知给了并不喜欢他的陆小小，他把不负责任的单纯情感给了已经嫁为人母的安小如，他把一个成熟男人的情感寄予给了没名。这一瞬间，他突然害怕了，虽然他从来没有害怕过，但是这一刻他突然害怕自己的心灵在衰老。李敖六十岁老少恋，杨振宁八十二岁第二春，歌德九十多岁还能调戏十八岁的少女，还他妈是人家姑娘的初恋。男人本来是不怕老的，可是刘小强不一样，闷骚的种类其实不多，那几个老头是属于高压锅蒸出来的热菜，越老越有味道。刘小强属于爆炒，菜稍微放一放，颜色也变了，味道也退了，色相菜品全都不对味了。微波炉里再加热，怎么吃也吃不出原来的那点滋味来了。

刘小强的嘴已经扭曲了，鼻涕也开始往外流，扯着嗓子，甚至已经有些失声：你他妈别逗我了，爷不禁得起你逗。

没名总是残忍的：爷，丫头我别的玩笑都敢开，您的玩笑我什么时候开过？

刘小强：那，你订婚怎么就没告诉我？

刘小强本来是不笨的，可是男人这种动物，一旦感性冲动上升到一定高度，平时当编剧的那点逻辑分析、戏剧冲突的尝试，早就忘到脑后了。如果他能再认真点看看没名嘴角的挑动，如果他能注视一下没名躲闪的眼神，他本来完全可以揭穿没名的谎话的。哦，可是他的泪水模糊了双眼，权当他没看见吧。

没名：我是想告诉你啊，可是我刚到上海一个月，电话就丢了，不信你看，新手机。

没名向刘小强展示着她的新手机，这个动作让刘小强心如刀绞，他觉得没名现在的话已经言之凿凿，无懈可击了。那么本来放在外面的一层故作坚强的保护膜也瞬间破裂。

刘小强：我要看看，那男的长什么样？帅吗？有钱吗？对你好吗？

没名看着刘小强的傻样，认识他这么多年，这小子净在自己面前卖弄智商了。今天瞧着刘小强被自己小小的谎言骗成这样，也有点把持不住了，站在那本想继续装下去，无奈肚子一抽一抽，憋到实在不行，这才捂着大笑。

一边笑着一边瞧着刘小强，那表情：抽着鼻涕，咧着嘴，也顾不上白衬衫干净不干净，直接就往鼻子上抹。

两秒钟，也就是两秒钟，刘小强明白了。说是恼羞成怒也好，说是大悲大喜也好，总之他确定之前这一切都是没名信口雌黄的故事了。刘小强二话没说，冲过来抱着没名就往车上扔，跟着上去按着没名，大巴掌瞧准了屁股，狠狠地下手，一点情面也不留。

没名：哎哟，哎哟。

刘小强：叫吧，你叫出大天去也不会有人来救你的。

没名：哎哟，哎哟。

刘小强：你就尽情地叫吧，这是居庸关，这是山高路远坑深的居庸关，没人！

没名：哎哟，哎哟。

刘小强这次唱出来了：你比花还美妙，叫我忘不了。

这叫什么？这就叫桃花朵朵开。两个人闹完了，对了几秒钟的眼，热吻是少不了的，几个月的相思，几个月的猜忌，几个月的死要面子，都化解在吻里了。

热闹完了，瞧了瞧表，已经快凌晨了。开车回去吧，于是沿着八达岭高速，往城里返。

没名一边揉着屁股上的桃花，一边继续逗着刘小强：爷，咱这算是暧昧啊，还是情人啊？

刘小强也放轻松了：情人那是合同制，咱们不算。

没名：呦，爷，什么时候给我转正啊？

刘小强：你要想要编制，回头我和我爸商量一下。

没名：哎，要个编制这么难，我还不如个临时工呢。

刘小强知道她这话是在敲打自己：有这么和老板说话的临时工吗？

没名笑了，她看着车窗外美丽的夜色，燕山山脉在身后连绵起伏。前方的城市灯火通明。那是刘小强一直奋斗着的城市，那是自己留恋着的城市。她和他在这里都没有根，他们是随遇而安的草籽，给点水就可以滋养充足，显示出勃勃生机的草籽，随风而逝。

没名扭过头跟刘小强说：我们是不是都老了？

刘小强点点头，他不再向往追求姑娘的快乐，他也不再享受漂泊生活的自由，闭上眼睛想到的就是一个自己难舍难分，但是就是爱字难说出口的姑娘。就是它了，就是这种犹豫不决难以启齿的感觉，才是自己找了很久都找不到的答案。

他们已经没有多少时间用来挥霍，站在青春的尾巴上平添皱纹。

带着没名出城的时候，汽车的油料警示灯就亮了，刘小强没当回事，可是回来的时候路过了两个加油站，刘小强和没名说话就忘了这茬。等进了五环的时候，刘小强还问：是回我家啊，还是自己回你订的宾馆？

没名：爷说呢？

没名刚问完这句，车就没油了，刘小强赶紧靠了边，熄火。

刘小强：得了，哪都甭去了，搞不好，今天晚上咱俩就窝车里了。明天天亮了，拦个车拖着我们回去吧。

没名气得鼻子都歪了，心说这荒郊野岭的，你怎么不早就发现没有汽油了。可是她又觉得好玩，她已经好久没有在这么安静的环境中和刘小强在一起了。汽车安静下来，没名靠在刘小强的肩膀上，对他说：还记得我们俩刚认识那时候吗？你还天天跟在陆小小屁股后头。见着我第一句话你跟我说的什么你还记得吗？

那是高一，刘小强同学还在用各种手段力图表现自己的时候，他早就忘了和没名第一次见面说的什么话了，只是没名还记得。

没名：你说，丫头，长得不错啊。你打小就是个小流氓。

刘小强乐呵呵地反问：那你当时怎么说的？

没名：我说，那你怎么那么矬？

刘小强：我都忘了这些事了。

嘴上这么说，脑海里却突然闪过那么多熟悉的面孔。见到刘小强受委屈拉着刘小强说一句“是她配不上你”，英语课上和老师对视的陈小南现在已经是主任医师；在北京外企工作的阳春面，刘小强见面得张嘴闭嘴阳总了；远在边陲天天守着雷达的李小华，接着刘小强电话马上成了话痨；在成都工作的小银鱼，还是一如既往地纠结于情感；余小翎、金小蛋在国企和证券公司拼命打拼；居家女田小小已经远在新加坡和男朋友努力进修；而陆小小，或许现在正在澳大利亚的哪个城市里开始她新的生活。

如果班主任当时没有跟刘小强说那句“你和她根本就不是一个阶级的”，刘小强，你的今天会是什么样子？

刘小强：我会心安理得地在一个小县城里，平平淡淡，安安稳稳度过一生。

如果陆小小答应了你的追求，那么今天的你会是什么样子？

刘小强：我会真的发现我们不是一个世界的，要么自暴自弃丧失自信，抑或用空虚和自大武装自己，用浮夸来弥补自卑留下的空白。

如果你和没名青梅竹马，你还会选择今天要走的这条路吗？

刘小强：不会，这条路太艰辛了，我不敢确定没名会不会也和安小如一样离我而去。患得患失的结果就是我失去了为理想奋斗的勇气。

这些对话在脑海里折磨了刘小强很久了，今天，有没名依靠在自己的肩膀上，他把这些话一五一十地讲给没名。

刘小强：我不抱怨，也不惋惜，过去的种种，都是我们选择。没有昨天的你，也就没有今天的我，没有昨天的我，自然也没有今天的你。我们辛辛苦苦追求的，不过是想“要是她还是原来那个她”。人都是会变的，陈小南从游手好闲变成了书呆子，陆小小从不谙世事变成了聪明人，阳春面从一个林黛玉变成了薛宝钗，你由一个小丫头变成了小妖精，我从一个纯情小男人变成了花花太岁。如果我们不能欣然接受今天的彼此，总回忆着过去的影子，那日子还能怎么过？朋友还能怎么维持呢？

没名点点头，他眼前的刘小强彻底变了。那份精明，用憨厚当伪装已经明显遮盖不住了。她不知道这是好还是坏，但是她总知道：我认识你十年了，你什么样我总该清楚吧？

刘小强满意地点点头。

应该得到温暖的地方，就不要用做作把彼此疏远。

两个人被马的嘶叫声吵醒的时候，车窗外正站着一个马夫敲打着玻璃。很明显，天已经亮了。刘小强揉了揉眼睛，打开车窗。

马夫操着一口京郊的河北口音：恁的了？车抛锚了吧？用不用俺带你们一段？

刘小强知道这是京郊的规矩，遇到车抛锚，拉你到最近的加油站是要给人家几十块钱的劳务的，于是随口答应。

马夫：瞧着吧，还是马车好，它不吃油啊。

刘小强：它也不能进二环啊。

马夫：那它还不分单双号禁行呢，只要我高兴，随时进城。那交警敢扣我的车？我就把马牵给他，看他怎么带走。

刘小强笑着问：那要遇到城管怎么办？

马夫：那城管就躲着点呗，他们可真下手，不过也不怕，势单力薄的，没人敢惹马。我这马，比坦克还好使。

打完了哈哈，刘小强就给了马夫五十快钱，锁套扣好，就瞧着马夫驾着马车拉着一车水果，后面牵着刘小强的二手日产进城了。这一路回头率甚高，没名也觉得兴奋。朝阳下城北的干净马路上行驶着一驾马车拉着一台汽车，怎么瞧都是一个奇特的景。

好容易到了五环路口的加油站，刘小强谢过了马夫，加足了油，就往家开。路过二环的时候，没名被雍和宫吸引了，非要刘小强把车停下来陪她逛逛。刘小强心说也不是没领你逛过，一晚上没休息好了，你来这凑什么热闹啊？

可是没名坚持，于是刘小强只好先把车停到对过青年公园门口的停车场，陪着没名过来逛。小钟楼小鼓楼，巨大的影壁和石狮子，黄瓦红墙琉璃顶，这里的格局俨然一个小紫禁城。大雄宝殿正中释迦牟尼，过去佛燃灯佛、未来佛弥勒佛。空间为宇，时间为宙。十八罗汉两班，东北观音、西北弥勒压住场。万福阁的大牌楼璀璨夺目，漆了金的穹顶金光闪闪。“文革”十年，全北京城的寺庙都被打砸一空，可远远还是能瞧见雍和宫的香火缭绕，从未断绝。

老北京的人都说：这是有佛缘的。

没名也跟着人群，一步十叩，施礼完毕。刘小强领着出来，没名却还要逛逛成贤街。这里就是明清的国子监，孔庙也在其中。文官武将，到此都得下马问安。刘小强脑子里突然想到了那场穿越的起点。没名在前面走，左顾右盼，刘小强就在后面跟着。

路边一个老头，一身唐装，脚踩布鞋，坐在小马扎上叫住了没名。

刘小强笑着快走了几步，跟了上去。

老头瞧着没名说：姑娘，我看你跟我有佛缘，咱们算一卦吧。

没名大大咧咧地说：好啊。

刘小强白了没名一眼，也没理那老头，自顾自继续往前走。总觉得那老头有些眼熟，似曾相识，可是他又宽慰自己，雍和宫成贤街这么大的地方，约朋友吃饭逛街也来了几十回了，这种街头算卦的，保不齐平时还做些别的生意，眼熟面善也是常有的事。又看了看没名，他估计没名应该不那么好骗，三两句话，以这小丫头的古灵精怪，早把老头气跑了。

比方说如果问：姑娘，你去年恐怕，在感情上不是很顺利吧？

没名：老爷爷，我一直单身。

如果再问：姑娘，那你下个月，可能就会遇到贵人。能解决了你的终身大事啊。

没名：老爷爷，快告诉我，他是谁，我让他离我远点。

这些对话刘小强用脚都能编出来，所以他就在前面慢悠悠地慢慢走，等着没名追上来。可是一连走了一百多米，还是不见没名追上来，刘小强回头连连招收，没名在远处示意说让他再等会。于是刘小强继续走，等到快走到街西口的时候，没名才追了上来。

刘小强：那老头都跟你说什么了？

没名：人家给我算命啦，说我要珍惜这段感情。

刘小强：这老头挺会说的呢。

没名：临走，人家送了我一个签，说是必须让你亲手打开，而且还不能让我看到，我看到就不灵了，让你告诉我是什么签。

刘小强也没当回事，接过红包包着的签，走到停车场，开了车带着没名回家。

空旷的家很久没有个女人收拾，已经乱作一团了。没名左右归置，好歹才弄出个干净模样。

收拾利索了，没名就缠着刘小强说：赶紧，把我的签读出来，不许骗我啊。

刘小强煞有介事地把红包拿出来，要当着没名的面拆，没名却说：不行，老头说了，必须你背着我拆，而且我也不能问到底是什么东西。

刘小强很好奇，他开始觉得没名这丫头也是很好糊弄的了，他拿着红包，走到另一个房间，撕开了包装。顿时，他傻了。

那是一个2001年的冰火杰士邦。

脑海里各种图像一闪而过，那个老头、成贤街、居士，他迅速把这些元素整合到一块。这到底是怎么回事，到底是谁在和我开玩笑，哪一个是真的，哪一个是假的？脑海里所有思绪都乱作一团，他不明白，这是一个什么样的逻辑。

这时，没名在房间外喊着：你看完签了吗？

刘小强马上把杰士邦藏起来，转过头去，他看着好奇的眼神正瞧着自己的没名，手已经开始发抖，他愣愣地搭住没名的肩膀，生硬地回了一句：那老头的意思是，我们要认认真真在一起。

没名乐得肚子都疼了，她肯定是不相信刘小强在这信口雌黄，但是她喜欢这种幽默，这种带着真感情的假话听起来特别舒心。

刘小强不想面对没名，他现在脑子特别地乱。没名说：爷，您先去洗个澡，都一晚上没睡好了，您还陪着我逛了半天雍和宫，洗完澡休息一下，也舒服。

刘小强呆愣愣地走进了浴室，没回答。进去了半天也没动静，没名在外面喊：洗澡怎么不用水啊，你傻了啊。

这才听到淋浴的水声。

没名在卧室里等，有些无聊，打开了刘小强的电脑。msn 自动上线，第一个留言就是安小如的，这个名字没名已经听刘小强说过很多遍了。屏幕上一行字：

谢谢，知道你现在过得很充实，好好奋斗。

没名瞧着对话框，微笑着按下了 DELETE。

刘小强在浴室里用淋浴头冲洗着自己，他模糊的记忆和混乱的思维在一起回味，在过去这几个月里到底发生了什么事。他莫名其妙，这一切都太荒唐了。他想到那个拦住没名的老头不就是给自己检查牙口的居士吗。他在用杰士邦告诉我什么？穿越的机会留给我自己，看我如何选择？那么我宁愿不选择，我继续我的坚持。

所有的一切都曾经发生过，只是我们自己选择性地失忆而已。只不过，这个谜太突然了，就好比中国正在安安生生过日子，朝鲜那边突然来了消息。

朝鲜：大哥，我要进行核试验。

中国：什么时候？

朝鲜：10。

中国：10 什么？10 个月？10 天？10 小时？

朝鲜：9、8、7……

中国：……

正想着，没名走进了浴室，刘小强清楚地看到没名赤裸着身子走进了浴室。长发披肩，唇红齿白，窈窕匀称，刘小强的小战士却没有冉冉升起。他脸红了，他看着没名的身体，没名充满微笑的表情，脸羞得通红。他为什么会脸红呢？不知道。

没名笑着看着刘小强，一步步走近。托着刘小强已经低垂了的脸，捏着刘小强的下巴，揽过刘小强已经开始发福了的腰，俯下身去，深深地一吻。

这就是结局。